マルコ
俺

マイケル
アシュリー
マリア

『蟲の王……かもな』
ただ一つ言えるのは、里の脅威は去ったということだろう。
それだけで良い。
深く考えない方が良い。
この森のどこかには、蟲を統べる王が住んでいる。
その王は子供の姿を持ち、人の言葉を理解する。
そして、里を守ってくれた。
それだけだ……

左手で吸収したものを強化して右手で出す物語

へたまろ

BRAVENOVEL
ブレイブ文庫

目 次
INDEX

1　プロローグ

「なっ！　人！」

会社の帰り、いつもの道、いつもの時間。

車を運転して家に向かっていたら、突如前方に現れた車のヘッドライトとは明らかに違う眩い光に目が眩む。

そしてその強い光の中に微かに見える、人のような影。

相手も車に気付いたのか、こっちに手を向けてきたのがシルエットで分かった。

馬鹿野郎！　避けろよ！

「間に合わない！」

つい焦って叫ぶが意味はない。

同時に、慌ててブレーキを全力で踏む。

座席の斜め下からガチガチと鳴る音に、ＡＢＳ《アンチロック・ブレーキ・システム》が作動するのが分かる。

とはいえ、ハンドルを切ることすらできない距離。

衝突に備えて目を閉じる……

やってしまった……

瞼を閉じていても分かるほどの光を、前方から感じながら意識が落ちていく。

「……あれ？　ここは？　確か、車に乗ってたはずなんだけど」

強い衝撃を感じ一瞬意識が暗転したかと思うと、部屋の半分が黒く塗りつぶされた白い部屋にいた。

部屋の中には灯りが灯っているが、眩しいというほどのものでもない。

いまだ自身の状況が把握できていない状態で、どうにか最後の記憶を取り戻そうと考え込む。

確か仕事が終わって家に戻る途中で、いきなり道路の真ん中が光ったかと思うと人が現れて。

「そうだ！　急に目の前に人のような影が飛び出してきて、慌ててブレーキを踏んで……」

飛び出したというよりも、浮かび上がったといった印象だったが。

駄目だ、そこからの記憶が無い。

いや、そこまでの記憶があったところで、現在の状況と結びつかない。

もしかして、その人を避けようとして壁か何かに衝突でもしたのか？

それで、病院にでも運び込まれた？……にしては、身体が痛むということもないし。

何よりもベッドでもなんでもなく、見たこともない部屋に立ち尽くしているというのは理解ができない。

「誰か、誰かいませんか？」

「目を覚ましたか？」

まさか呼びかけに返事があると思わなかったため、思わずビクッとなってしまった。

ちょっとだけ心臓が跳ねたような感覚に襲われ、軽く動悸が。

落ち着こう。

まずは声のした方向に目をやる。

声は自分が立っている場所の正面、やや上の方から聞こえて来た。

そのまま正面に視線を送ると、階段のようなものが見える。

落ち着いてよく見てみると、実際には目の前にはひな壇がありその一番上にカーテンのようなものが掛かった場所があった。

カーテンのある場所には大きな椅子が二つ、少し広めに間隔を開けて置いてあるのが透けて見える。

ちなみに向かって右側には、黒いカーテン。左側には白いカーテンが下げられていた。

そして白いカーテンだけではなく、右側の黒いカーテンの方も中が透けていた。

黒いカーテンの方は頭に角の生えているような人が座っているようだ。

ここ、マジでどこだ？

「目を覚ましたかと問うておる」

いまだ混乱した状態であれこれ考えていると、少し苛立った様子で再度問いかけられた。

どうやら、左側の白いカーテンの奥の人物が話しかけているようだ。

その人物の声は、お爺さんのようにも、少年のようにも、お婆さんのようにも、少女のようにも聞こえる不思議な声。

何かの悪戯にしては、手が込んでいる。

そしてこれが悪戯だとすれば、運転中に人が飛び出したところから始まっていたのだろう。

おっと、白いカーテンの人から何やらプレッシャーのようなものを感じる。

問いかけられたことを無視しているこの状況に、苛ついているのかもしれない。

というか、間違いなくそうだろう。

勘弁してほしい。さっきまで普通に車を運転していたと思ったら、いきなりこんな不可解な場所で意識が飛んだ状態で目覚めることになったんだ。

本当に、それ以外に何も思い出せないし。

「ええ、一応」

取りあえず、返事だけでもしておいた方がよいと、本能が警告してくるので返事を返す。

俺が反応したことで、ようやく白いカーテンの奥の人が落ち着いたのが分かった。

やはり問いかけに対する答えが無かったことで、気を揉ませてしまったらしい。

『今回は悪かったな……と言っても分からないだろうが』

そして今度は右側の、黒いカーテンの奥にいる人も話しかけてくる。

こっちはボイスチェンジャーを通したような声。

無機質な機械のような音声に抑揚と感情を込めたような、こう若干スッキリしない感じの声だ。

「良く確認したつもりだったのだが、まさかお主の車が突っ込んでくるとは思わなんだでな」

『ふっふっふ、善のそのような説明では分かるまい。あれだ、交通事故だ』

いや、車が何かにぶつかったならそれを普通は交通事故と言うんじゃ。

偉そうに言い直されたところで、それだけじゃなんの説明にもなってないし分からない。

二人にしか分からないようなやり取りに、ますます頭が混乱してくる。

というか、この人が飛び出してきたのか。もしかして、轢いちゃったりとか……

うわぁ、こんな偉そうな人を車で轢くとか、人生詰んだかも。

いやいや、そこは保険屋さんに是非頑張ってもらって、どうにか示談の方向にもっていってもらうしか。

取りあえず、まずは詳しい状況を確認してからの判断になるけど。

「あの、すいません。おっしゃっている意味が、よく分からないのですが」

「たまたまじゃ……たまたま、わしが転移した先にお主の車が突っ込んできたのじゃ」

えっ？

俺、やっぱりこの人はねたの？　そのわりには、のんびりとしてるというか。

なんだろう。車ではねられたのに、この余裕。

というか、もしかして俺拉致られた？

そんなヤバい人、はねちゃった？

これ、場所が分からないから保険屋さんも警察も助けに来てくれないパターン？

直接報復されちゃうルートまったなしか？

取りあえず相手からは何も要求が無いし、探りを入れるようなやり取りに聞こえなくもない。

あり得ない状況を受け入れつつも、現実的なことを考えながら意味不明な思考に陥っていく。

そして微かに期待する楽観的観測のような結論に。

彼等にももしかして、いきなりこっちに強く出られないような何かがあるのか？

ええい、ままよ！

取りあえずは、こっちも様子見でいくしかない。

「いや、こっちこそすいません。大丈夫ですか？」

『フフフ……車の前に転移するなど、ただの飛び出しより悪質な不注意だからな。気にするな。

あと、善は気にしろ』

「反省しておる」

転移？

いま、転移って言ったこの人？

やばい、これは冗談じゃなく本当にヤバい人に当たった。

車も俺も。

そしてこの人達も、いろいろな意味でヤバい。もしかして、何か薬とか……

思い込みの激しい、宗教関係の偉い人とか。

権力だけじゃなくて、頭の中身までヤバい人だ。

転移云々っていうのが凄く嘘くさくて猛烈に逃げ出したくなっているはずなのに、二人から感じるオーラが信じざるを得ない雰囲気を醸し出している。

それはこの人達が本気でそう思っているか、それともよほどの役者か。

もしくは、この部屋に寝かされている間に薬を盛られたか。

いや、この人達自身が何かそういった心理的なものに詳しくて、催眠状態に誘導されている？

確かに、意識が覚醒したばかりというところではあるし。

そう、この人達は転移して俺の車の前に飛び出したというようなことを本気で話していて、俺もそれを受け入れそうになっている。

まだ辛うじて俺は理性を保っていると信じて、ここは乗っかった方が良いのか？

いや、このままこの人達にペースを握らせるのは危険か？

分からない。

本当に、考えるのすら面倒くさい状況だ。

取りあえず、

「はは、そうですよ！　いきなり車の前に転移とかされたら、こっちも避けきれませんよ！」

とかって返した方が、良かったのだろうか？

分からない。

正解が分からない。

「それで、その両手をじゃな……車のフロントというのか？　前半分をわしの神力で消して衝撃をやり過ごそうと思ったのじゃが、ハンドルごとお主の手まで消してしまったあげく車から飛び出してしもうて頭から……」

思わずしばらく返答ができずにいたら、勝手に白いカーテンの人が語り始めた。

取りあえず白い人と呼んでおこう。

その白い人が気になる言葉を残して、言いにくそうに口を噤む。

いやいや、頭からなんでしょう？　あまり聞きたくありません。聞きたくないですが、ここは付き合って少しでも情報を集めないと。

なんとなく、頭が落ち着いてきた。

状況は落ち着かないけど。

「まあ、わしが殺してしまったようなもんじゃが……魂と意識、残った体はどうにか拾い上げることはできた」

『たまたま、お主の神気に取り込まれただけだろ』

しんきって？　新規？　辛気？　なんだ？

分からない。

分からないけど、早々にこの人達の設定に付き合うのが辛くなってきた。

そもそも、殺されたと言われても、現在進行形で貴方達の目の前に俺はいるわけで。

じゃあ、貴方達が話しかけている相手って誰なのかって話になってくるんだけど。

「肉体も欠損が酷くてのう……元の世界ではすでにお主はおらんことになっておるし」

『それは、お前がこいつの残滓《ざんし》に気付いたのが、あっちの世界で二年も経った後だからだろうが』

やっぱりだ！　この人達は酷いビョーキだ！　頭がおかしい。

どうにかして、この場所から逃げださないと。

とは考えてみたものの俺が今いるこの場所が、そもそもどこなのかが分からない。

「すいません、少し頭の中を整理させてもらって良いですか？」

「あー、そうじゃのう。お主にはあまり記憶が無いかもしれんな。なんせ、一瞬のことだったからのう。そうじゃ、その時の光景を――『よさぬか。そんなものを見せられたら、確実にトラウマになるだろう』」

白い人の方がカーテンの奥で立ち上がるのが透けて見えた。

が、すぐに黒い人がそれを押しとどめたので、また椅子に座ったらしい。


本気で、ちょっと頭がこんがらがってきた。

二人で何やら言い争いを始めたので、この隙に再度話の流れを整理する。

取りあえず、俺はこの謎の白い人物を車で跳ね飛ばしたと。

あの時はいきなり道路に現れたから、完全にブレーキも間に合ってないはずだ。

それなのに、目の前の白い人はことのほか元気そうだ。

そんなことはありえるだろうか？

この人達の言い分を信じるならば、咄嗟に衝突の衝撃を消そうとしたこの人に、うっかり殺されてこの人のオーラ的なものに取り込まれたことになる。

ちょっと待て、オーラ的なものってなんだ？　しかもそれが、二年前ってこと？

さっき気が付いたくらいの勢いだけど、二年も？

何度も頭の中で状況を整理しているのに、次から次へと出てくる言葉にさっぱり理解が追い付かない。

「悠久を生きるわしらからしたら、ついさっきのこと程度のもんじゃ」

『いや、二年は長いと思うぞ』

俺も二年は長いと思う。

どうやら、黒い人の方が常識人っぽいな。

白い人は良くも悪くも大雑把なイメージだ。

「でじゃ、わしらが管理する世界で人生をやり直す機会を与えようと思う。これをもって謝罪としたい」

『恩着せがましいな。二年も経過して元の世界に戻すと面倒だから、別の世界で赤ちゃんからやり直してくれってことだろ』

「身も蓋もない言い方をするでない。邪の」

このビョーキの人達が管理する世界って……それってあっちの世界ですよね？

こう信仰的な何か、あれな感じの世間と隔離された場所的な。

嫌です！

それはやり直しとは言わない！

いやちょっと待て、邪のさんが何やら不穏な言葉を……

赤ちゃんからやり直し？

記憶を全て抹消されて、赤ちゃんプレイ？

それとも、そちらの信仰に無知な俺が赤子のようってこと？

一から、教育をし直すってことか？

それは、全然謝罪でも何でもない。むしろ、要らない。

「あー、自己紹介をせずとも分かるかと思うたが、そちの世界はすでに神に頼ることは余りないのじゃったのう。わしは善神と呼ばれている。数多ある世界の正を司る存在じゃ」

『そして、わしは邪神……まあ、負を司る存在だな。陰陽揃って世界は上手く回るから、わしらは常に一緒におる』

おおう、この人達教祖様じゃなくて神様を名乗り出した。

そして、世紀の大発見だ。善神と邪神って仲良しだったんですね。

いやいや、俺が知ってる神様ってのはイザナキさんや、イザナミさんや、アマテラスさんだったり、ゼウスさんや、オーディンさんだったり……

いちおうお釈迦様や、シヴァさんなどなど、何かしらの名前が付いてる人達なんだけど？

漠然と邪神と善神って……

雑！　雑だけど、なんか凄そう。

いや、そうじゃなくて……

ていうかもし、もしもだ。もし、彼等が本当に神様なら俺を転生させてやるから水に流せってことか？

いや、まっぴらごめんだけど。

「何やら、疑惑の視線を感じるのじゃが……神であるわしに対して、胡散臭いものを見るような視線を送るでない」

『簡単には信用はできないか……頭が固いなと言いたいところだが、お主のおった日本という国の国民性か？』

まあ、あまり神様に熱心に祈るような国ではないのは事実だけど。

そもそも初対面でわしは神だなんて言う人間なんて、信用できるはずがない。

まあ、当人曰く人ではなく神らしいが。

ただあまり刺激して、天罰だとか言われてパージ《抹消》されても困る。

なんとなく、穏便に帰してもらいたい。

「えっと、元いた世界の日本でやり直しってことですか？」

「あー、それも良いのじゃが、折角だから神の加護を受けられる世界とかどうじゃ？」

『お主のいた世界では、神の加護なんて不便なだけだからなあ。精々金持ちの家の子に転生させるとかならできるが……記憶を消さねばいろいろと面倒なことになるし。そうなると転生しても面白くないだろう』

まあ、それはそうなんですけど。

そうなんですけどじゃない。

思わず、普通に信じてしまいそうになったが。

とはいえ、神の加護が通用する世界か……となると奇跡や魔法があるような、ファンタジーな世界か？

ばかばかしい。

それよりは日本で大金を貰った方が。

でも記憶は消されると。

せめて、この二人に関わった記憶を消すだけに留めてもらえると最高に嬉しい。

『というか、実は行ってもらいたい世界はもう決まっている』

「ベベルという世界じゃや。そこの世界が遠くない未来に魔王によって滅ぼされる可能性が非常に高いのだ」

『おもに魔族と人族との戦争に世界が巻き込まれて疲弊した末に破滅に向かってゆく感じだな。仮にわしらが直接関与しようにも、その後の管理ができる者が現れなければ第二の魔王が現れ、また人と魔族が争う日が来るのは目に見えてるからな』

どうやって日本でお金を貰おうかと考えていたら、話が勝手に進んでいた。

えっと、これって慰謝料的なもんですよね？

なんか、体よく手伝えって聞こえるのですが。しかも戦争を……

この場合防ぐのか、人を勝利に導くのか。

そもそも、その世界の人達のことが良く分からないわけで。

て、何を信じてるんだ俺は……あまりにもおかしな声で、おかしなことを延々とさも当たり前のように言われて、ついつい信じ込んでしまった。

「もちろんそのために必要な力は授けるし、人の人生一回分くらいは普通に楽しみながら仕事すればいい」

『ある意味、チート好きなお前らからしたら、仕事が趣味みたいな感じになると思うが』

チートの好きなお前らからしたらって。

いつ俺が、チート好きなんて話を……

「ほら、現代日本の若者はチートというものを持って、異世界に行くことに憧れを抱いているのじゃろう？」

いや、まあそれはそうなんですけどね。

そういったものが、物凄い勢いで流行っているというのは知っているし。読んだことのある話もあるけど。皆が皆そうではないというか。

現状にそこまで不満が無いので、できれば日本でこのまま平穏無事に暮らしていきたいと思う人もいるわけで。

俺みたいに。

いや、そんなことよりも一つ気になる言葉がある。

人の人生一回分ってどういうこと？

その後も働けってこと？

人生なんて短くもないいんだから、一周で十分なんだけど？

人生二周目なんていらないし。

「あー、全て終わって満足したら、そこの管理者になってもらいたい」

『そのために必要な知識や、能力は一回目の人生で獲得してもらおうということだ』

そのお仕事に終わりはあるのでしょうか？

これはもしかして、幹部候補生としてスカウトされてる？

いや、厄介事を押し付けられているとも言えるけど。

ちょっとまて、どこまでが真実でどこまでが妄想なんだ。

もしかして、これ自体が夢とかじゃないよな。

「大体三〇億年くらいでその星の寿命が尽きると思う。いま十二億年くらい経ってるからあと二〇億年弱かのう」

ははは……長すぎだろ。

二〇億年もその世界に接して、その後どんな気持ちで星が滅びるのを見ろと。

それ以前に、二〇億年も生きるってどんな感覚だ。

「大丈夫じゃ。滅びる二億年前くらいには生命も活動できなくなるはずじゃから、気に入ったものは自分の管理する場所に引き込めばよかろう」

『お主らの世界でいう、ノアの箱舟的な場所だな』

「流石に、二〇億年も神紛いの立場にいたなら、星と世界を一つ作り出すくらいの特典は与えてやるから」

二〇億年も働いたあげくに、新会社立ち上げてまた億年単位で運営とかどこのブラックだよ。

駄目だ……この人達の言葉に反応できないでいるはずなのに、的確にこちらの懸念を斜め上の方向から潰してくる。

それも全然魅力的でも、俺にとって建設的でもない解決案ばかり。

文化が違う。

そして、確実に頭の中が読まれてる。

マジで神か！

もしくは、俺はいま催眠状態で無意識に思考を口走っているか……

後者であると思いたいが、前者の方が幸せだ。

後者は新興宗教入信まったなしルートだな。

それなら非現実的でも、他の世界で生まれ直した方が……

「まあ、二〇億年云々は抜きにしても、チートを貰ってやり直しというのは惹かれますね」

思わずついて出た言葉に、我ながら呆れてしまったが。ここはもう流れに身を任すしかない。

覚悟を決めて全力でこの人達に合わせて、隙を見て逃げる。

そっと後ろに目をやる……

右……

左……

この部屋、扉が無いんですけど……

「そうじゃろう、そうじゃろう。ちなみに、お主の両手はすでに再生が不可能じゃからわしらが新たに創り出したものを与える」

『ブラックホール的な左手と』

「まあ、厳密に言うと全く違うが、イメージで分かりやすく言うとホワイトホール的な力を持った右手じゃな」

なんだか、不穏な両手過ぎてあまり欲しくないかも。

ブラックホール的な左手って……

自分自身がそこに吸い込まれて、消滅する未来しか見えない。

右手を使うことなく、人生一周目終了パターンかな？

『制限はあるが左手で吸い込んだものは、お主が使うであろう管理者の空間に送られる』

「右手からはその管理者の空間から、任意のものを出現させられる」

ああ、早い話がマジックバッグですか。

定番の便利グッズですね。

現実でもあったら便利だなと思わなかったことはない。

『ちなみに、管理者の空間内部では肉体の時間は止まってるからな。成長したり劣化することもないが……普通に行動はできる。歳を取らない空間みたいなものだ』

「管理者の空間内では普通に生活できる空間があるから、彼等はそこで過ごすことになるがのう。まあ何も無いのも寂しいじゃろうから、一応疑似的に普通の生活が送れるようにはなっておる。ようは、食事もとれるし、睡眠もとれる空間じゃな」

『他には……素材や吸い込んだものを合成する場所もあるが、生物同士はオススメせぬな……精々が知能の低い生物と素材の掛け合わせとかか』

ほうほう……やっぱりちょっとチートなマジックバッグだった。

いや、かなりチートなマジックバッグか？

ただその世界に、俺は行けるのだろうか？

『左手の力でお主も自由に行き来できるし並列思考……無意識に行動するサブタスクに意識を持たせて、並行存在を作り出して両方に存在できるようにもなる。まあ分身を作り出せるということだが、どちらも本物だな』

「それに管理者の空間にある地図と右手の力で、世界の好きな場所に身体を戻すこともできるぞ」

わお……分身スキルに転移魔法のオマケ付き。

ただそこに移動するには、自分の左手で自分を吸収するのかな？

で、何もない空間から右手が現れて俺が出てくるの？

ビジュアル的なものが、凄く気になるが。

管理者の空間がどういったところか分からないけど、適当に気に入った奴を集めてその世界でゴロゴロしとくのも悪くないかもと思ったり。

折角だから、普通に知らない異世界を楽しむのも悪くないけど。

それよりも、いきなり転移魔法が使えるとかかなりのチートかも。

転移魔法っていろいろと便利っぽいし。お金の心配なんかもなくなったわけだ。

最悪、どこかの金庫……この場合、宝物庫か？　にだってバレずに入ることができるわけだし。

いや、送り込まれる世界の文明度やらが分からないから何とも言えないか。

近未来的な異世界で、転移魔法対策は万全ですとかだったら……

ん？　魔法？　そもそも、やっぱり魔法があるってことか。

ちょっとだけ、楽しみもできたかも。

ただ、うっかり転移した先に車が突っ込んでこないように気をつけないと。

『クックック……そうだな。一応、地図に触れれば周囲の状況は見られる。大事なことだな』

「お主……意外と性格悪いのう。わし、一応最高神なのじゃが？　まあ……日本人とはこういうものか」

もはや、この人達が俺の思考を読んで反応しているのはスルーしよう。

ここまで来たら、俺も八割がた信用しているし。

「これでも、まだ疑っているのか？」

『まあ、このくらい慎重な方が良いだろう。いざ送り込んで、俺は最強だなんて言いながら無謀な行動に走って死にまくることもないだろうし』

別にいいじゃん。

この方達の言い分を信用するなら、俺はうっかりで殺されちゃったらしいのだから毒の一つも吐きたくなるってもんだろう。

殺されたのに罵詈雑言を浴びせられないだけ、逆に感謝してもらいたいくらいだ。

あー……そういえば、俺の家族は……

二年も経ってるのか。葬儀とかも終わってるんだろうな。

あれ？　死体って、この善神って人に吸収されたんじゃ。

じゃあ、行方不明状態ってことか？

「この条件を受けてくれるなら、一応家族には連絡しておくが」

『いわゆる、神託というやつだ』

「それって、うちの親相手だと夢で片付けられないかな？　あと、姉ちゃんとかめっちゃはしゃぎそう」

「お主は行方不明ってことになっておるからのう……」

やっぱりか、というかちょっ！　先に説明だけしといて。

というか、どうなのそれ？

「絶対に見つからないのじゃから、その事実だけでも伝えておこう」

『まあ神の眷族になるわけだから、お主から連絡ができるようにいずれしようとは思うが』

「お主の働き次第じゃな」

俺の働き次第って。

殺しておいて労働を押し付ける奴のセリフじゃない。

流石、神様。尊大過ぎて、何も言えません。

一方で、至れり尽くせりとも言えるか。いずれ、連絡できるかもしれないと。

まあ、声を聞くくらいはと思うが……あまり連絡を入れるのはよくない気がしないでもない。

それでも神様とはいえ、俺や家族に対して多少は悪いと思ってくれてたのかもしれない。

結果として、かなりの好条件でブラック企業への就職が決まった感じだな。

「つと、大事なことじゃがその両手のスキルじゃが……」

「吸い込む左手と、吐き出す右手ってだけじゃないいんですか？」

まだまだ、特典があるらしい。

貰えるものは全部貰っとこう。

「あー、チートスキルとやらが好きなんじゃろ？　神ほどのチートではないが、左手で吸収したものは所有権がお主のものとなる」

「はあ……それって、たとえ人の物でも吸収したら俺の物になるってことですか？　それなんてジャイ◯ン？」

『平たく言うとそうなのだが、生物であればお主の従者になるってことだ』

最近流行りの隷属のなんちゃらとか、奴隷のなんたらとかより悪質だった。

下手したら、王様吸収したら国乗っ取れるってことじゃん。

「吸い込めるのはお主より、弱っている者……もしくは弱い者という条件じゃが」

『総合的にな？　国王とかだとその国の有する軍事力とかもそのままその者の力になるからな？　ただし純粋に忠誠を捧げた者の力のみに限るが』

なるほど、騎士団や軍隊なんかは国王の力の一部として考えられると。

ただ、とんでもないクズみたいな王様だったら軍事力はあっても、国王の戦闘力には加算されない可能性が高いか。

じゃあ、逆に国を継いでない王子様の子供あたりを吸収すれば将来的には……

ほぼ臣下もいないはずだし。

転移でこっそりと寝室に忍び込んで、一瞬で吸収と放出を行えば。

思わず笑みが零れる。

確かにこれは、チート過ぎる。

最悪国を一つ乗っ取って、そこで重要なポジションかつ働かなくて良いような役職を貰って好き勝手に生きることも……

いや、そんなことしなくても……

いやいや、街の中で何不自由なく生きたいと思えば強力な後ろ盾は必要だ。

いろいろと考えていたら、上の方から冷たい視線を感じる。

カーテンのせいで、御尊顔を拝見できないんですけどね。

「従属関係の解除もできるようにしとこう。これはわしらでもできるように設定しようか」

『そうだな……口ではそうは言っても、まさかやらんとは思うが保険は必要だろう』

あっ、やっぱり監視されるんですね。

ちょっと考えただけなのに、まあ考えがまるっと読まれてるんじゃバレバレか。

あまりにもな理由で従属したり、それを使って目に余る行動をとったら二人の判断でリリースしちゃうよと。

流石に独裁政権があっという間に築けそうともなるとそうなるわな。

あとでじっくりと考えれば良かった。

「なんだか、ちと不安になってきたが……吸収したもののスキルは、管理者の空間で情報分析されるからどういった能力か分かるはずじゃ」

『普通に呼び出すこともできるが、右手でその分身を作り出してスキルだけをぶつけることもできる』

おお！

なんとなく核心的な部分に触れずに話が進んできたけど、やっぱりスキルなるものは存在するようだ。

確実に言葉で聞いたことで、楽しみな要素が一つは確定した。

魔法に関しては、彼等の口から魔法という言葉が出てきてないが、スキルがあるなら高確率であるだろう。

そして右手の解放能力だけど、なんと吸収した配下の持つスキルだけを召喚することもできると。

なんて便利過ぎる。まるでゲームの、召喚魔法みたいだ。

あっ、最近はちゃんと召喚獣も戦ってくれるんだった。一昔前のゲームの召喚魔法だな。

それはそれで便利だし。

あと直接本人も呼び出せるから、最新の召喚魔法も。


俄然やる気が出てきた。

「あとはまあ、普通に暮らしていけるだけの家庭に転生させてやろう」

『オススメは冒険者稼業だぞ？　騎士団なんかに入団して自身の能力の底上げも良いが、どちらかというとあちこちで魔物と戦ったり、素材を集めることを生業とした方がチートを育てるのに良いし、強化合成も捗るしな。その上、お金も稼げるし。冒険者なら完全実力主義で立場も収入も上は青天井だからな』

「まあ、どこかで王になって国を運営して色に溺れるのも悪くないじゃろうが……そういうタイプでもなさそうか」

はいはい。

取りあえず、冒険者がオススメっていうのは分かった。

うんうん、で肝心のその俺がやるお仕事の方は？

「忘れとった。魔王とその側近を倒すことじゃ」

『側近は四天王と呼ばれ四方に塔型のダンジョンを作っている。魔王は北の大陸のさらに北にいる』

「中心じゃないんですね……」

『流石に中心は人が多すぎて断念したらしい。昔は人も魔族も交流があったのじゃがな……数世代前の魔王の頃に四方からジワジワと攻め込む準備を始めたようだ。ただ肝心の四方の塔にもひっきりなしに冒険者や兵士が来るらしくて捗ってないとか』

「魔王のいる場所は極寒の場所じゃから、かろうじて侵攻は受けてないが」

『まあ、お主らのようなこの世界の転生好きのために用意されたようなシナリオだな』

シナリオとか言い出したし。

それにしても、あんまり危機的状況じゃないと聞いて安心。

数世代前の魔王が準備を始めて、いまだに侵攻が始まっていないとか。

それよりも先に親交を深めてる人がいたりしないかな？

『ゆっくりで良いぞ？　無理なら老衰で死んだふりして、二周目か三周目で魔王を御しても良いし』

「時間はあるが、決して楽観的に考えてよいものでもない。必ず異変は起こるのじゃ……そして、わしらでもその時期と規模が読めん」

割と長いスパンで予測しているが、正確な時期は分からないと……

だから、常駐して見張ってろと。

うん、取りあえず神様達の言い分は分かった。


「だが断る！」


……

……

……


気まずい空気になってしまった。

「なんじゃと！」

『何っ！』

「嘘です。言ってみたかっただけです。謹んでお受けいたします」

一瞬ポカンとなってたけど、ちょっと遅れて我を取り戻した神様達に一瞬で体が木っ端みじんになりそうなオーラを当てられた。

無理……初期ＲＰＧゲーム並みに、選択肢「いいえ」が存在しなかったわ。

2　新たな人生の幕開け

こうして俺はこの世界に、新しく赤子として生まれ変わったわけだが。その赤子である身体から離れた俺は管理者の空間で、自分の様子を眺めている。

並列意識体が存在できるのは管理者の空間と身体の中のみらしいが、身体に戻ると統合される。

けど、体内でも分離可能。その場合身体の主導権は身体の主人格であるあっちか、思考の主人格である俺のどちらになるのか。

試した結果、精神力がより勝った方になる。

基本的には俺だが便意が限界に達した時や空腹の時など、例えば我に反してお漏らしでもすれば、癇癪を起こして泣き叫ぶ。

正直お漏らしした時は、あまりの気持ち悪さに一瞬で管理者の空間に退避したが。

なるほど……

意識を統合した時は、そうだな……

いまは前世の俺の記憶で埋め尽くされているし、完全に体のコントロールを得ることもできる。

けど、自分が自分ではない違和感もある。

便意を我慢することも、空腹で泣き叫ぶのを我慢することもできる。

だが我慢できるだけで自分でトイレに行くことも、食事を用意することもできない。

無駄に辛くなるだけなので、素直に控えめに泣いて注意を引く。

食事は基本的に母乳なのだが今更母親の乳に吸い付くのもどこか恥ずかしいので、意識を深く落とすか管理者の空間に避難している。

ちなみにその母親が前世の俺より若いということで、わずかながら背徳感や罪悪感なんてのも。

ただ、自分の中で女性を母親と認識する割合が増えていくにつれて、統合中は気にならなくなった。おそらく本体の意識が強くなってきているのかもしれない。

加えて家族というものに対する認識も、強くなってきているのだろう。

ちなみに、管理者の空間に思考を飛ばすと、成人の自分の身体になんかこっぱずかしい白いローブを着させられていた。

たぶん、邪神様からのプレゼントだろう。

しかし、日本人顔にこのローブは似合うのか？

残念ながら鏡が無い。

今いるのはパルテノン神殿を彷彿させるような、白い柱がメインの建物。

建物の外は真っ白な空間がただ広がっていて、頭がおかしくなりそうだったのでさっさと神殿に戻ってきた。

奥に玉座のようなものがあり、そこに座るとタブレットのような映像が中空に現れる。なんていうか、空中に直接映し出す透過度も選べる近未来的なあれだ。

操作も、タブレットとほとんど一緒。

これは、神様からのサービスだろう……たぶん、気が利く邪神様の方じゃないかと。

そのホログラムインターフェースが映し出しているのは、小さな部屋。

取りあえず触ってみるとインターフェースから地上の自分の視点と、俯瞰で自分を見る視点を切り替えて映すことができた。

一応、マニュアルみたいなものも、このインターフェースの中に入っている。

それを読めばよいのだが、最初は触って覚えるタイプだ俺は。

下の世界でできることのあまりの少なさに辟易したので、最近はこの空間に引きこもっていることが多い。

こちらに前世の意識の大半を持ってきているので、本体の方は本能に抗えないらしくママンのおっぱいを吸ったり、お漏らししたり、泣き喚いたり、寝まくったりしてる。

一人の時でも手を開いたり閉じたりしたり、天井を見て笑ったり……まあ、まんま赤ちゃんらしい行動だが。

実際にはわずかながらに前世の意識も残しているので、手を開いたり閉じたりしてるのも、身体の感覚を掴むためや地味な筋トレだったり。

天井を見てニヤニヤ笑ってるのは、今後を想像してのことだ。

赤ちゃんの取りそうな行動だが、その内心を知る身としては我ながら微妙な気持ちになる。


管理者の空間で玉座に座って、転生した俺の境遇を振り返る。

まず最初に、俺を取り巻く状況なのだが。

一応親の話や、周囲の会話から子爵の家であることが分かった。

俺はそこの長男で、名前はマルコと名付けられたらしい。

らしいというのは、親がそう呼んでたから。

幸い言葉や、文字は理解できた。

向こうの俺は理解できてないみたいだから、管理者の部屋の特権かもしれないが。

情報や知識は共有することも可能なので一応こっちが理解した直後に、理解したことを共有しているのだが。

しかし肝心の話の内容も理解しているかどうかでいえば、ほとんど理解していないのだ。

精神を分離した場合、あちらの俺に残された精神の年齢は見た目に比例しているっぽい。

ちなみに現地で使われている言葉は英語？　というよりもフランス語のような響きだ。

フランス人と生で会話をしたことがないので、完全にイメージだが。

意識を統合した状態で聞いても、全く理解できないし。

完全に外人に早口で語り掛けられているような、苦笑いしかできない状況だが、管理者の空間で聞く分には言葉がそのまま意味として脳内にスッと入ってくる。

耳で聞いた音と、理解した内容でどうにか単語の意味を予測できるが。それがあっているかは、何度か同じ単語が違う会話で出てこないと確信が持てない。


そんな形で答え合わせをしながら情報を共有することで、着々と周囲の言葉を把握して記憶していってるようではある。

ご飯やおしめのような単純な単語には即座に反応を示すところをみると物覚えは良さそうだ。

もしかしたら、身体のスペック自体も悪くないのかもしれない。

まあ、魔王様と戦おうって存在だ。身体がポンコツだったら困るしな。


まだ見た目は完全に赤ん坊。

まさかこんな赤子が、周囲の話を徐々にだが完全に理解しつつあるなんて大人達は考えていないだろう。確かに意味が分かっても話せなければ意味がないから、俺にとっても現地語を覚えるのは必須だ。

任せたぞ、赤ちゃん側の俺。

マルコ側の俺に現地の言葉を習得する役割を振っておく。

言語習得と簡単な身体操作は、マルコの領分ということにしておこう。

大人の精神で外国の赤子の身体なんて不便で仕方ない。

俺はひたすら得た情報の整理と、現地の情勢の把握に努める。タブレットを使って。

まず初めに両親の領地だが、そこそこの広さがありそうだった。

一応空間の地図で境界線を引いてもらったが、街が二つと村が五つくらいか？

二つある街のうちの、一つはかなり大きい。

そこに、俺の実家はあるらしい。


管理者の空間から、屋敷の様子を窺い見る。

今はまだ両親と同じ寝室で過ごすらしく、ベビーベッドに寝かされた赤子を男性が弛み切った表情で覗いている。

どうやらこれが、こっちの世界での俺の父親らしい。

彼の名前はマイケル・フォン・ベルモント。

俺のイメージする貴族っぽく、少し太っている。

歳は三〇歳くらいだろうか？

金髪でオールバック。顔はふっくらとしていて、満面の笑みを浮かべていることもあり柔和な印象を受ける。何よりも、目が優しそうだ。

ただ、せっかく異世界で貴族の家に生まれるなら父親のイメージとしてはもっとこう顔はキリッとした感じで、筋肉もあって剣も使えるダンディなお父さんを想像していたのだが。単純

にこの人は、とにかく優しそうなイメージが強い。

髪の毛と同じ金色の双眸を崩して、ニコニコと俺の顔を覗き込んでいるし。

「父はな騎士をしておったこともあるのだぞ！　お前も、騎士になりたいか？」

「ダァ！　ダァ！」

マルコにあれこれと話しかける中で、なんと彼は騎士をしていたこともあることが判明。

ちょっとだらしないお腹をしているけど、そんなので騎士が務まったのだろうか？

そんなことはおかまいなしに、今の彼を見ていると眉唾としか思えないような自慢話が飛び出している。

息子に自慢をしたいのは分かるが、いくらなんでも産まれたばかりの子供に聞かせたところで、理解もできないということが分からないのだろうか？

幸か不幸か俺は理解しているし、現地の俺もふわっとしたイメージは掴んでいるっぽい。

そんな嘘くさいながらも人の良さそうなマイケルはおいといて、ベビーベッドと並べられた両親のベッドからこっちをニコニコと見つめている優しそうな女性。

彼女がどうやら、俺のこの世界での母親らしい。

名前はマリア。

常に笑みを浮かべている、とても可愛らしい女性だ。

年齢は二〇代なかばということだが、実年齢よりも若く見える。

ちなみに二〇代なかばでの初産は、この世界の感覚してはかなり遅いらしい。

待ちに待った子供が俺というわけか。

初めての子供が前世の記憶を持つ、訳アリの子供ということで少しだけ申し訳なく思う。

元々この家に子供が生まれる予定はまだ当分なかったらしい。そこに俺が強引に割り込んだ形だ。

これは二人の神様方から聞いた。

できれば次男とか三男あたりの、あまり家に対する責任の無い立場で産まれたかったのだが。

その辺りの希望は聞き入れてもらえなかったというか……そもそも、希望を聞いてもらえなかったというか。

彼等の独断と偏見で、前世の記憶込みで割と幸せな人生が送れそうな家庭を選んだと。

迂闊な善神様の独断と偏見という部分に、不安しかないのだが。


ちなみに待望の子供が男児だったからか、出産直後の屋敷は大慌てだったな。

マリアが心底ホッとした表情を浮かべていたのが印象的だ。

いや、女性に転生させられても困る。絶対に生涯独身を貫くことになるだろうし。前世では結婚したことがないので、せめて現世では結婚くらいしたい。

マリアは特別美人ってわけでもないが、普通に日本で見かけたら可愛らしい外人さんだなって感じ。

いや美人なんだけど、絶世の美女とかってわけじゃない。

こっちも金髪で、青いお人形さんみたいなクリッとした目が印象的だ。

そんな二人の間に産まれたマルコは、天使もかくやというほどに可愛らしい。

父親譲りの金髪と、母親譲りの深い青色の瞳をしたいかにもな外国人の子供。

赤子らしくぷっくらとしたほっぺも手足も可愛い。

自画自賛というわけではない。日本人の感覚で客観的に見て、可愛いのだ。


少ししてマルコがぐずりはじめたので、マリアがマイケルを部屋から追い出す。

どうやら、マルコが腹を空かせたみたいだ。

「ングング」

「しっかり飲んで、しっかり育つのよ」

難しい顔をして、一生懸命おっぱいに吸い付く赤子。

そして、鈴が転がるような綺麗な声で、赤子の髪を優しく撫でながら声を掛けるマリア。

流石に完全に意識が分離した状態で授乳のシーンは気恥ずかしいので、なるべく見ないようにしてるがあっちの俺は一生懸命おっぱいを吸っている。

やはり赤子としての自分に、思考も引っ張られている様子だ。というか、吸わないと死ぬし。

こうして改めて見ると向こうの俺は、完全に赤子のように思える。

精神を二つに割るということで、もしかしたら身体にも相応しい精神が宿っているのかもしれない。

その精神がマルコという人間に対して果たして正当なものなのか、俺に対する都合で神様達が作り出したものかは分からないが。

ただ、現地の両親にとって純粋に年相応の精神の子供ということは、幸せなことだと思う。


夜になって、暇になってきたので本体に戻る。

といっても、特に何が変わるってわけでもないが。

こうして、時には自分の目で直接世界を見るのも大事だしな。

管理者の空間に籠って、モニターから見るのとは違って直接星空を見るだけでも面白い。

あっちでモニター越しに見るのと、実際に自分の目で見るのとでは受ける印象が全然違う。

ちなみにこの世界の夜空はこれが満天の星空かといった景色だ。


日本で住んでいた場所では夜もそれなりに明るいので、ここほど星を見ることはできなかったし。

空をきらめく星を眺めているが、見慣れた星座が無い。

天文学に詳しいかと問われたら、さっぱりな俺だが流石にオリオン座やカシオペア座、北斗七星くらいはすぐに分かる。あとは話題になった流星群を見に行った時に、たまたま居合わせた天文学サークルだかの引率で来ていた地元の大学教授が教えてくれた昴も分かる。

しかしどれも、この世界の夜空には存在していなかった。

この世界で昴がいくつ見られるか、ちょっと気になったけど。

その時は山に行っていたので、七個集まっているのが見えた。

夜空の環境で見られる数が違うらしく、これほどに澄み切った夜空ならもっと見られただろう。

恐らくこの世界は、地球とは違う星なのだろうから、見える角度が違ってるんだろう。

そもそも、宇宙からして違うのかもしれないが。と思いを馳せてみたところでよくよく前世を振り返ってみたら、そんなに星座に見慣れるほど空を見上げた記憶も無いので大して気にならなかった。

ただただ、星が綺麗だとしか思わない。

そして月は一つしかない。

いや、普通に月は一つだろう。

でも異世界って二個あったりすることも多いから。と思ってみたが、あれが月かどうかも怪しい。

というか、違うな。月っぽいでかい星だろう。

他には、地球では見られない大きさの星がある。

月の半分くらいのサイズの星が三つ。

赤っぽいのが一つで、あとは普通に白っぽいというか黄色っぽいというか、光っぽい感じかな？

異世界の空は地球とはだいぶ違って、見ていて飽きない。

言葉通り飽きることもなく外を見ていると、黒い何かが飛んでくるのが見える。

そして、そのまま窓にぶつかる。

コンっという音がして、窓枠にギリギリ足を引っかけて落ちるのを耐えたそれ。

どうやら、飛ぶのはあまり得意じゃないらしい。

昆虫の類だろうか。星や月の明かりを受けて黒光りしている甲殻を持つ、力強い印象の虫。

見た目的には、カブトムシに似てる。

角がカッコいい。縦に二本の尖った角が並んでいる。上の方がシャープで、下の方が太く力強い印象だ。

そして、目の上あたりからも二本弧を描くような尖った角がある。

計四本の角を持つカブトムシ。サイズは八センチくらいかな？　地球のより、かなり大きく感じる。

無意識に左手を窓に伸ばして、手元に寄せるように欲する。

吸い込むようなイメージで、その虫を手繰り寄せると掻き消えるように姿を消してしまった。

即座に管理者の空間に、新たな住人が辿り着くのを感じる。

半ば反射的に吸収してしまったようだ。

少し距離があったようだが、それでも吸収できてしまったことに少し驚きを感じる。

どの程度までならこの能力が有効なのか、一度調べてみる必要はありそうだが。

カブトムシを追いかけて、俺も管理者の空間に再度意識を飛ばす。

移動先は神殿。そして、やっぱりそこにいた。

異世界のカブトムシ。こっちを認識したのかゆっくりと、力強く歩み寄って来る。

そして、目の前で角を下げる。

まるでその姿が頭を下げたように見えて、思わず吹き出してしまった。

そんな俺の様子に、少し首を傾けて見上げるカブトムシ。

もしかして、この空間に呼ばれたことで俺の配下になったってことだろうか？

最初の配下が虫とか……

なんともいえない気分になったが、まあ、良いかとすぐに思い直す。

取りあえずこのカブトムシ。俺に懐いてくれてはいるが、喋ることもできないしあんまり意味がなかったかも。

こっちの言うことは分かるらしく「飛べ！」と言ったら飛んでくれる。

というか、言ったとおりの行動をとってくれるので、愛着は湧くが。

でも向こうがこちらに対して何かアクションを取るわけでもないので、一方通行のコミュニケーションみたいで物足りない。

それでも最初のうちは、言うことを聞いてくれる虫に対する物珍しさからいろいろと指示を出して遊んでいたけど、それもすぐに飽きた。

マルコの部屋に蜘蛛がいたので、それも捕まえた。

こっちも、言うことは分かるらしく指示通りに動いてくれる。

一応糸を使って何かできないかと思ったが、特に役に立つようなものはできなかった。

糸で作ったものに触るとベタベタするものとそうじゃないものがある。

蜘蛛の糸には、粘着性のあるものとそうじゃないものがあるらしい。新発見だ。


ちなみに神様が言っていた通り、管理者の空間には「合成の間」なるものがある。

魔法陣が敷いてあって、そこに合成のメインとなるものを置き、魔法陣の手前にある台座に素材を載せると合成できる。

虫達を強化したい衝動に駆られるが、残念ながら素材が揃えられないので諦めた。

＊＊＊

それからさらに三年、マルコな俺は今日も元気に歩き回っている。

やはりあっちの中にいる俺は精神を身体に引っ張られるらしく、思考も子供っぽいことが多い。見てて可愛いけど、中身が俺だと思ったら複雑な気持ちになる。

「父上、あれはなんですか？」

「ああ、あれはリンゴだ」

俺との共同作業で着実に言葉を理解していっているので、今はこうやって答え合わせをしつつボキャブラリーを増やしているところだ。現地語はほぼほぼマスターしてるし……三歳で。

これには困った。

「うう……もうちょっと赤ちゃん言葉で喋ってほしかった」

「母上が、望まれるならそうしましょうか？　ママ！　これでいい？」

「なんか違う……」

可愛い時期をいっきに通り越して、良いとこの坊っちゃんみたいな喋り方を始めたため、母親としては微妙らしい。

父親は、物覚えの良い我が子が自慢らしくあっちこっちに俺を連れまわす。

でもって、知らないことをどんどん教えてくれる。それが、マリアにとっては余計に不満らしい。

「もう少し、ゆっくりで良いじゃないですか！」

「勉強は興味を持った時が、旬なんだぞ！」

「分かりますけど！　私はもっとマルコを可愛がりたいの！」

二人はいつも、俺のことで喧嘩してる。まあ、微笑ましい喧嘩だけど。

ということで、取りあえずあっちの俺のことは放っておこう。

放っておいても、勝手に成長していくし。

定期的に会話もしているし。

最近ではもう一人の俺の成長を見るのも楽しみで、統合することもめっきりと少なくなってきた。

上手く誘導しつつ、別人格を育てているような。

ただ、根本が同一人物なのでどうしても似通ってきてしまう部分もあるが。

自我を持った最初の頃は、歳に対して不相応なくらいに合理的かつ計算高い性格をしていたと思うのだが。

統合する回数が減ったからか、徐々に合理的な思考が鳴りを潜めて年相応なものへと落ち着いていった。

完全に現地の俺の身体に適応していっているのか、親に甘やかされて精神が退化していってるのか。精神が成長しつつ幼児退行していっているというか……

とはいえ身体に精神を戻すと、俺だということが実感できる。

説明するのが難しいが、子供の記憶をリアルタイムで持っている大人というか。

その子供時代は別人のものともいえるが、俺のものとしてスムーズに心の中心にストンと落ち着く。

マルコが得た経験や知識、その時感じたことなどが俺の記憶として入って来る。まるで俺が、そう感じていたかのような。

いや、実際に感じていたのは俺なのだから間違いではない。

ところが統合してみて気付いたがどうも子供であるマルコな俺と、こっちの元の精神年齢の俺とは考え方に若干の乖離が出てきたみたいだ。

まるで同じ人物の中に、新しい個性が独立して生まれているかのような。

違和感を感じない異物のような、そんな感覚だ。

だから、時たまこうやって意志の統一をしないといけない。

身体に対する主人格はあっちだが、実際は同等の存在でもある。そして精神のベースは前世の俺のものなので、俺が主人格で間違いないという安心感を得たいのだ。

その俺は今、管理者の空間でカブトと戯れている。

ツインランスビートル《二つの槍を持つ虫》という種類のカブト虫だった。四本ある角のうちの長いメインの二本の角を槍に見立てたらしい。

ちなみに、名前はカブトにした。

そのまんまだけど、別に良いよね？　分かりやすいし。


そのカブト。

出会った時は、普通に黒かったが今は銀色に輝いている。そして身体が一回り大きくなってる。

あっちの俺に吸収させた石と合成させた結果、装甲が大幅に強化されたとか。

魔法陣にカブトを移動させて待機させた上で、祭壇の盃に石をセット。

祭壇に備えられた石に手を触れて起動を念じると、盃の上に置かれた石が一瞬強い光を放ちドロリと溶ける。

そして祭壇から魔法陣に向けられて引かれたラインに沿って、融解して光る液体となった素材が流れていく。

次の瞬間魔法陣が光ったかと思うと、カブトの身体が光り輝き……見た目に変化が分からない。ただ、こちらに戻ってくるカブトの足音がコツコツと床を叩いたような音に変化。

そして実際に触ってみて、わずかばかりに弾力のあった体が硬くなっているのを実感してようやく効果を理解できた。

まあ、石と合成したら硬くなるのは想像に容易いが。

それで合成が便利だと理解して、少しずつだがカブトと蜘蛛を改造していった。

でもって、こないだ鉄が手に入ったから、鉄も合成してみた。

鉄なみに装甲が硬くなったらしい。

見た目も銀色に変わった。

カッコいい。

ちなみに管理者の空間に関してはそれだけではない。

他にも空間内がいろいろと変わった。

まず、空間内の神殿の外をいろいろと弄った。

神殿の外は一面全て真っ白だった空間が、今は地面があり空は青々としている。

遠くの方を見れば、青々と茂った草原や森まである。

ようやく、人らしく過ごせる世界が広がったのだ。


どうやったかというと……すべて、神殿にあるタブレットの力だった。

このタブレット、マジで優秀。というか……そんな言葉で片付けていいものか。

でも、これのお陰で俺は毎日楽しく暮らすことができているのは事実だ。

タブレット内にある管理者の空間というアイコンを叩いて、この空間を管理する画面を立ち上げる。

そこにはこの空間内の全体像が映し出されていて、そこから任意の場所を好きな範囲で映し出すこともできる。

その際に、全体像は右上に少し小さめの画面で映し出され、現在選んでいる場所がそこに四角く線が引かれて表示されるようになる。まるで、箱庭ゲームの画面だ。

ちなみにその画面内のインターフェースに触れると、一日一回だけ管理者ポイントが一〇〇ポイントもらえる。一週間連続で触れると、通常のポイントとは別にボーナスが五〇〇ポイントつく。

それは一ヶ月連続とか十回連続とかでも別にポイントが多めに加算されたりする。

でもって、このポイントはいろいろなものと交換ができるのだ。

真っ白だった空に色を持たせるのに必要なポイントは、僅か一〇〇〇ポイントだった。

一週間何もせずとも溜まるポイントだ。

そんな安くて良いのだろうかと思ったが試しに、ポイントを使って交換してみる。

辺りを見ると相変わらずゲンナリとする白い風景だが、空を見上げると雲一つない青空が広がっている。それだけだ。

昼も夜も関係無くずっと青空というのはちょっと。

それを解消しようと空間内の空に機能を増やすごとに、五〇〇ポイント必要だったり一〇〇〇ポイント必要だったり。

貯まったポイントをガンガン突っ込んで、なお残ポイントに余裕はある。

時間連動、天候連動などなど指定の土地と連動させた空模様が反映されるようになった。

相変わらず外が白いのが気になるが、空を作り出したことで地平線の向こうまで白いということはなくなった。

でも殺風景な白い地面がひたすら広がっていたので、取りあえず見える範囲に地面を作り出す。

通常の土の地面以外にもぽんと芝生や木を植えたり、現代の地球のようにアスファルトで道の舗装なんかもできた。

ただしそういった地球の環境に近いものには、嘘みたいに高いポイントを要求してきた。

「俺が元いた環境を欲するだろうと、ポイントを割高にした」と邪神様相手に善神様が自慢気に語っていたらしいが。

あの人は俺に対して、本当に悪いと思っているのだろうか？

お茶目という言葉で片付けるには、立場というか神としてどうなのだろうか。


ここを整備していく過程で、いろいろと邪神様からアドバイスを受けたり、善神様がドヤ顔で説明をするのを聞いてなんとなく邪神様を頼りにするべきだということだけは分かった。

取りあえず、善神様はおだてつつ本気で取り合っては駄目だということは、ポイントに代えがたい情報だった。

善神様の面倒臭がりな性格が、要所要所に表れているこの箱庭シミュレーションシステム。

俺が勝手にそう呼んでいるだけだが。

たとえば木を一本植えるのに一〇ポイント必要なのに、あきらかに木が一〇〇〇本以上ある林を作るのが一〇〇〇ポイントだったりとおかしなところが多い。

取りあえず林を作って、木を一本吸収して植え替えればかなり節約できそうだ。

裏技かな？

最近ではこういった善神様の裏をかいた裏技を探すのも、ここでの生活の醍醐味の一つだと思うようになってきた。

それとこの機能で手に入れられる管理者のポイントは、物とも交換できる。

タブレットに管理者レベルというものが表示されていて、このレベルが上がると交換できる物品が増えるとか。

それを聞いてちょっとウキウキしてしまった自分が情けない。

完全に善神様の思惑にはまっている。

そのことが癪なので、何をするにもあえて面倒くさいという雰囲気だけは出しておく。


管理者三年目の今の俺のレベルは１０だ。

物と交換できるのはレベル１５から。

もう少し先だけど、すぐに到達できそうな気がする。

この管理者レベルはここに物を吸収して送ったり、空間内を改造すると上がっていくらしい。

そう……空間内を改造すると、レベルが上がるのだ。

レベルが上がるとボーナスポイントがもらえるし、特定条件を達成してもポイントがもらえる。

初めて空を作るとか、初めて地面を作るなんてものから、空のレベルを2にするなどなど細かすぎて何をやってもボーナスが貰えるレベルだ。林を作った時も大量にポイントが入ってきた。

何事かと思ったが、木を〇〇本植えたらという条件があったらしい。

初植樹ボーナスから始まり、一〇本達成ボーナス、五〇本達成ボーナス、一〇〇本達成ボーナス……といった具合に、小刻みにボーナスが設定されていたので林を作ったらポイントが大量に貰えてしまったのには苦笑いした。

そして善神様が唖然としていたのが、とても印象的だった。

ただ、ポイントが入った直後にメンテナンスに入ってしまったが……

メンテナンスするのは当然、善神様だったり。

やはり今回のことは、善神様の想定外だったのだろう。

想定外のポイントが入ってしまったにもかかわらず、メンテナンス保障のポイントが配られたり。

変なところで、地球のゲームに詳しいというか……

日本にお忍びでくるくらいだから、いろいろと地球の文化を楽しんでいたのかもしれない。

俺を楽しませようとしてくれる心意気は買うのだが、どうにも空回りしているのが見て取れる。

そういったこともあって、俺は地形改造をメインに進めている。

どういった住人が来るかわからないので、景観を第一に考えて居住区となるところには取りあえず区画整理と、石畳の道に空き地に芝生を植えたりして。建物はまだ、用意していない。

俺が何かするたびに雰囲気がころころと変わる善神様と、それを微笑ましいものを見るような、また時に呆れたような様子で眺める邪神様。

基本的に二人とも顔を隠しているので、その表情まではよく分からないが。

邪神様は邪神っぽいマスク、善神様はヴェールを纏っている。

顔を見たらどうなるのか尋ねたら、特に何もないらしい。

威厳の問題だといって、邪神様が仮面を外してくれた。

……イケメンだった。納得しつつも、軽く嫉妬するレベルで。


なんだかんだと、いろいろとできることもあって取りあえず、管理者の空間に籠っていても特に退屈はしてない。

一つ不満があるとすれば、あっちの俺が虫ばっかり捕まえて送ってくることだろうか？

精神がお子ちゃまよりだから、仕方ないか。まあ、良いけど。


合成といえば、蜘蛛に鉄を合成したら鉄のような糸を飛ばすようになった。

うん、割と便利。

物凄く目の細かなチェーンメイル？　鎖帷子とか編んでいたし。

可動部の細工が素晴らしく、身体の動きを一切阻害しない。

でも、重い……流石に三歳児には無理だな。

3　ベルモントの街

俺がマルコとして生を受けて、六年の歳月が過ぎた。

最近では、管理者の空間から地上を眺めることが増えている。

マルコの行動を見るのが、何気に楽しかったりする。

元々は俺なのだが、完全に子供の頃の俺の行動にそっくりだ。意識してというか、そういった精神構造になっているというか。

マルコの身体が子供なので、子供らしさがマッチしていて違和感はないが、俺が戻るとそれも鳴りを潜めるけど……

マルコの経験や感じたことが新たな記憶として、入り込んでくるような感じだろうか。

素直にその時の感情が理解できるし、少しマルコとしての精神に引っ張られるというか、子供の心を理解した子供らしい大人というか、説明が難しい。

統合したからといって、マルコの俺が消えるわけではないということが言いたかった。

一部というか、全部というか。

生きて来た年齢分、精神に占める自我の割合にはかなりの差が出るが。

そんな六歳の俺こと、マルコが現在進行形で夢中なことがある。

虫集め？　まあ、それもだけど。

空間内の住人に、カマキリや蝶にダンゴムシも増えた。

正直、別に常に周りにいるわけでもないので、完全に管理者の空間のセットみたいな扱いでもある。

呼べば来るし、指示にも従ってくれるけど。

でもそろそろ、ちゃんとした魔物を……いや、六歳児に魔物狩りは無理か。

というか、吸収できるのが自分より弱いもの限定って時点でまだ早い。


脱線。

今のマルコが夢中なのは、虫ではなく彼が向かっている先のお店にある。

「お坊ちゃま！　走ったら転びますよ！」

「トーマス、遅い！　早く早く」

トーマスと呼んだ護衛らしき男性を振り返って急かしながら、真っすぐ駆けて目的地に向かうマルコ。

通りの人達が挨拶をしてくるので、元気よくそれに返事をしながらお目当てのお店にようやく到着。少し遅れてトーマスも追いつく。

「お坊ちゃまは、足が速いですね」

「トーマスが遅いんだよ！　鎧なんか身に着けてるからじゃない？」

「もし万が一の時は、身を挺してお坊ちゃまをお守りしないといけないんですから、鎧を着けないわけにはいきませんよ」

まあ、そんなことは起きるとは思いませんけどね。と小さな声で付け足して、トーマスは笑みを浮かべる。

年齢は二二歳で、屋敷に仕えて今年で六年目となるベテランに足を踏み込んだくらいの警護の者だ。

普段は屋敷の警備をしているが、マルコが外出するときには護衛として指名されることが多い。現在独身で、絶賛彼女募集中らしい。

どうでも良い。

ただ彼は兵士の中ではのんびりとした性格なので、一緒にいても自由に動けるので彼を指名することが多い。


深く息を吸い込んで、ゆっくり吐くのを数回繰り返して呼吸を整えたマルコが、乱れた服をササっと直してからお店の扉を開ける。

マルコが夢中になっているお目当ての相手は、カランカランという客の来店を告げる鐘の音を聞いてこちらを向いた熊みたいなオッサン。

ではなく、その横に立って皿を拭いている可愛らしい少女だ。

マルコが嬉しそうにやってきたのは、ベルモントの街の商業区にある喫茶店。

ただの喫茶店ではなく、武器を展示販売している武器屋喫茶という一風変わったお店だ。

なぜまた、そんなお店を開こうと思ったのかは詳しくは知らない。

マスターが武器屋も開きたいし、喫茶店もやりたいと思ったことがそもそもの発端とはチラリと聞いたけど。

店に入ったマルコが、誰かを探すようにキョロキョロと店内を見渡す。

「いらっしゃいませ！　あら、マルコまた来たの？」

「おう、マルコ坊っちゃん！　ようこそいらっしゃい！　本当に、坊っちゃんは武器が好きみたいだな」

「うん！　取りあえずマスター、オレンジジュースちょうだい」

前掛けをした小さな女の子と、短髪髭面のマスターも笑顔でマルコを出迎えてくれる。

マルコが満面の笑みで、カウンターの椅子によじ登る。

マルコが最初にこの店を訪れたきっかけは、屋敷の警備を担当する警備隊の隊長に連れてきてもらったのが始まりだ。

その時は武器に夢中になって、壁に掛けられた武器や、陳列棚の武器を指さしては警備隊長やマスターに質問していた。

しばらくそうやってはしゃぎ疲れたマルコが、喉を潤すためにカウンターでオレンジジュースを頼んだ時に、それを運んできたのがアシュリーだった。

何事かと思ったよ。

管理者の空間でボーっと、カブトとカマキリの訓練ならぬ虫相撲を楽しんでいたら急に心臓

が跳ね上がるような感覚だったからね。それから、早鐘のように鳴る心臓。

思わず、マルコに何かあったのかと思って意識を向けると、頬を真っ赤にそめて小さな少女を眺めていた。

ははーん、これは恋だなってピーンときたけど、その時は流石に俺は幼児愛者じゃないからちょっと待て！　とかなり焦ったが、マルコの姿を見て熟考。

将来の選択肢としては、「ありか」という判断になった。

マルコが成人するころには、彼女も成人してるし。あっちの俺が、どうするのかちょっと温かく見守ることにした。

自分の恋愛を見るというシュールな光景だが、あっちの俺の外見があまりにも元の俺と掛け離れているせいで面白く見ることができる。


オレンジジュースで喉を潤しながらも、その視線はチラチラとアシュリーの後を追っている。

マスターも、完全にマルコの恋心には気付いていると思う。

時折、微笑ましいものでも見るように、マルコにも視線を送っているからな。

今でこそマスターもアシュリーも気安く話しかけているが、初来店の時は大変だった。

まさか領主様の息子で、子爵家の嫡男がこんな普通の喫茶店にくるなんて。二人とも想像つかなかったらしい。

慣れない敬語で四苦八苦と対応を試みるが、なかなかに面白い言葉遣いになっていた。

まあ不快に思えば、牢屋送りにすることもできる立場の人間だからな。

アシュリーもそんな父親の様子を見て、マルコがただの子供じゃないと思い至ったのか警戒した目で睨み付けていた。父親の影に隠れて。

少しマルコがショックを受けていたのが、面白い。


取りあえずお忍びであること。

あまりへりくだって対応されると、他の客が来たときにバレる可能性があるということを伝えてなるべく普段通りの対応をお願いしている。それでも最初は探りながらのやり取りだったのだが。

回数を重ねることに、警戒も薄れてきてようやくここまでの関係性に持ってきたのだ。

意外とマメなマルコに、ちょっと感心した。

ところで、なんでマルコが親も連れずに自由に出歩けるのかなのだが……それは、親の事情によるところが大きい。

なんと！　俺の現地母であるマリアさんがご懐妊しました。

二人目です。

この世界だと、高齢出産にあたる三一歳で妊娠発覚。

俺を産んだ時が二五歳だったらしい。

屋敷はてんやわんや。なので、下手に屋敷にいるよりは外にいる方がいいかなと。

で、いてもいなくても変わらなそうな、若手の兵士を勝手に拉致して出歩くようになった。

一応、警備隊の者が護衛についているので、親もそこまで心配はしていない。

今は、親父も母さんに構ってばかりで俺の相手が若干おざなりになっている。

仕方がない。

寂しそうであるが、マルコも精神的には割と成熟してるし、理解してあえて屋敷の外に出ている。

ただ一つだけ納得できないのが、せっかくマルコが気を使って出かけているのに、マリアが寂しがっている。

私のためにそんな気遣いをさせてしまって、マルコが不憫。

というよりも、もっとお腹の赤ちゃんとママに興味を持って！　って、なってるらしい。

マルコが全然かまってくれないことが、寂しいらしい。

つわりがひどかったり、何かと体調を崩しがちな今の母親に甘えるつもりはないらしく、マルコは聞いていないふりをしているが。

思った以上に、親離れが早かった。良いんだか、悪いんだか。

だからマリアは、親父で我慢してくれ。お陰でマルコが自由に動き回れるんだから。

ちなみに、武器喫茶に関してはトーマスも武器を見るのが好きらしいし、おやっさんと武器談義をするのも好きらしく喜んで連れていってくれている。

もちろんマルコの淡い初恋を見守るという、隠された任務も受けている。

そして、これらの話は全てマリアには筒抜けであったりする。マリアはマルコの外出時の護衛が戻ってきたら、すぐに呼びつけて根ほり葉ほり聞き出すせいで。

彼女も、マルコの恋の行方が気になるらしく目を輝かせて聞いているとか。

ただ、嫉妬も少々。あまり放っておくと、狭い寝室の中で追いかけまわされる。

可愛いけど、面倒くさい母親である。

マルコが大事なのは分かるけど、今は自愛してもらいたい。頑張って大きなお腹で、マルコを追いかけなくて良いから。


それよりも、マルコとアシュリーの方はと。

「マルコは、今日もオシャレなおべべね」

おべべとか……まあ、六歳児なら仕方がないか。

実際には服と言ってるのだと思うが、こうやって管理者の空間で訳を聞いていると割と状況や年齢に合わせた言葉に翻訳されていることが多い。

こういった部分まで忠実に翻訳する管理者の空間は、優秀といった方が良いのだろうか？

別に意味を知るだけだから、普通の標準語でも良いけど。

ただ人によってなまりがあったりするのは面白い。どういった仕組みなのだろうか？

もしかしたら、善神様による超絶リアルタイム通訳だったりして。

「変じゃないかな？　慌てて出たから適当に選んだけど」

「すっごく似合ってる！　わたしも新しい服ほしいな！」

マルコにとって、今日の衣装選びは適当だったらしい。

なるほど、なるほど。一時間も乳母のマリーを捕まえて、ファッションショーをしてまで選ぶことをマルコは適当だと。そして一時間も悠長に服を選んでいて、本人は慌てていたと。

可愛らしい見栄であるけど、そこでそんな意味も効果もない見栄を張っても。

こういうところが、本当に子供らしくあると思える瞬間だ。


そんなマルコとアシュリーの様子を武器を見ながら聞いていたトーマスも、ちょっと離れたところで笑ってるじゃないか。

そして、新しい服と言われてマスターがちょっと渋い顔をしてるけど、やっぱり新品の服は恐ろしく高いらしい。

でも、新しいってそういう意味じゃないと思うから、マスターも安心してほしい。

そういえば蚕蛾の幼虫を捕まえてたから、今度アシュリーに似合いそうな服でも織らせてみるかな？　というか蚕が意外と大きなことに、驚いた。

物凄くでかくて太い、芋虫だった。管理者の空間につれてくるまで、なんの幼虫か分からないくらいに。

管理者の空間で配下となった瞬間に、情報が頭に流れてきたけどこれが蚕か……

ちなみに地球でも大きいなと感じていた蚕は、この世界のものだともっと大きかった。

あまりの大きさにテンションの上がったマルコが、数匹送り込んできたからびっくり。しかも指定なしで神殿の広間に。

玉座に座ってタブレットを見ていたら、いきなり太くて長いシルエットがいくつも現れたのでそちらに目をやると、巨大な芋虫が七匹も。

思わず頬が引き攣るの感じたが、綺麗に横一列に整列した蚕達に溜息。

なんとなく俺の言葉を待っているような感じだった。

「絹の糸とか出せる？」

出せた。

これだけでも、こいつらを吸収した価値はありそうだ。

それとこの世界に召喚された虫達というのは、俺とある程度のコミュニケーションを取れるように知性が大幅に伸びるようだ。

なんでこんな話に？

ああ、管理者の空間にいる蚕に服を作らせるのも悪くないかなって話か。

閑話休題。

マルコ達の様子に意識を戻す。

「今度、一緒に買い物行こうよ！」

「えっ？　でもお小遣いあんまりないし」

おお、勇気出したな俺。

丁度マルコがアシュリーをデートに誘ってるところだった。

マルコのお誘いを聞いてないふりをしつつ聞いていたマスターの目が、キラリと光ったのを見逃さない。その目が、まだちょっとデートには早いんじゃないかと言っているのが分かる。

その通り。マルコは、まだ六歳児なんだ。

そんな子供に対して向けるような視線じゃないぞ。

それにそもそもだ、アシュリーを連れて買い物に出かけるにしても、トーマスあたりが付いてくるだろうし。二人きりということはありえないだろう。

「アシュリー今度誕生日だよね？　僕にプレゼントさせてよ」

「でも……服って高いから……」

グイグイいくな俺。前世の俺は、そこまで女性に強気じゃなかったぞ？

やはり金もあって、ビジュアルもまあまあだと自信が違うのかな？

「一生懸命お手伝いしてもらったお小遣いも貯まってるし、古着になるけど選べるくらいには持ってるよ！」

「そういえば、マルコは子爵様のところのお坊ちゃんだもんね」

確かに親は金持ちだけどね。

マルコはこの日のために一生懸命に家のお手伝いをして、お小遣いをもらっていた。

そういった発想は、やっぱり根底にあるのが日本人の俺の精神だからだろうか。

貴族のましてや領主の息子がお手伝いをするということに、使用人達は恐縮していた。

というか誰がマルコに対して、お手伝いをお願いできるというのか……

「ではお坊ちゃま、ばあやは階段の昇り降りが辛くなってまいりましたので、こちらをお願いしますね」

「うん！」

いた。

彼女の名前はマリー。マルコどころか、父親のマイケルの乳母も務めてきたベテランだ。

その前は祖父のスレイズ・フォン・ベルモントに仕えていたと。

ばあやと自分では言っているが、実際にはまだ五〇にも届いていないのではないかと思えるほどに若々しい。

自分のイメージでばあやというと、本当におばあさんを想像してしまう。

多少は皺が刻まれているがその肌はまだハリを保っているし、背筋をピンと伸ばして真っすぐ歩く姿は堂々としたものだ。

マリーに籠を渡されたマルコは急いで階段を駆け上がるとそこに籠を置いて、飛び降りるように戻ってくる。

「はい！」

そして満面の笑みでマリーに手を差し出している。別に小遣いをねだっているわけではない。

「あらあら、マルコお坊ちゃまは本当にお優しい」

マリーの手を引いて、エスコートするためだ。

籠の中身は領主一家の寝室で使われるリネン関係。正直マリーにとってもそんなに重たいものではないが、マルコにこうやってわざわざ仕事を用意しているのだ。

「王都でね、第一王子様のお披露目があったんだって！　僕と同じ年みたい」

「それはようございました。将来、マルコ様は王都の学校に通うことになるかもしれませんし、同じ学び舎で過ごすことになるかもしれませんよ」

「ベルモントの学校じゃないの？」

「次期跡取りでございますから、質の高い教育が必要です」

マルコの祖父のスレイズは妻のエリーゼと共に王都に住んでいるのだが、そのスレイズの家の使用人から送られてきた報告書をマリーの代わりに読んであげるのもマルコの仕事だ。

最近ちょっと目が見えづらくなってきてというマリーに頼まれて、やってあげているのだが。分からない文字に関してはマリーがスラスラと教えているところをみると、そんなに大変そうには見えない。マルコの教育も兼ねているのだろう。

流石は長年領主に仕えてきた大ベテランだけのことはある。

マルコの方も小さいころから面倒を見てもらっているマリーの役に立てることで、張り切っているし。使用人に対しても気遣いのできる子供に育っていることに、一安心だ。

これで高飛車で傲慢な子供に育っていたら、俺はマルコの身体に戻って精神を分かつことをやめただろう。

そんなマリー以外にもう一人、マルコに対してお手伝いをお願いしている人が。

「それでは、お坊ちゃん今日はこちらを運ぶのを手伝ってください」

そう言って金属の甲冑を身に着けた男性が、マルコと一緒に木の束を運んでいる。

男の名前はヒューイ。この屋敷の警備を担当している兵士の隊長だ。

「これは？」

「薪ですね。お風呂を沸かしたり、お料理をするのに使うのですよ」

「いや、それは分かってるけど火の魔石があるのに、なんでわざわざ？」

この世界には魔石でどうにかなることが多い。実際に火起こしなんかも、金と魔力さえあれば火の魔石を砕いた粉で簡単に着火できたりする。

「魔石は非常に高価ですから、節約できるところで節約することも大事ですよ」

まあ、そうなのだが。一般家庭なんかでは、よほどの時の緊急時用に魔石を用意していても使うことはほとんどない。そもそも、魔力を巧みに使える人材自体がそこまで多くないらしい。

お約束の貴族特有というわけではなく、魔力量自体が人によって違うと。

遺伝によるものが大きいのか、貴族でも騎士の家系にはあまり魔力を持つ人はいないらしい。

あくまで先天的なソースの話で、後天的に伸ばす方法もあるらしいが。普通に魔法なんて使えなくても不便じゃないので、一般家庭ではそんなことに教育費を掛けることはないらしいが。

ヒューイに言われて一緒に薪を運んでいるが、マルコにとっては軽くない量だ。結局は先ほどのことは建前で、マルコを鍛えるための課題らしい。マイケルからの指示だ。

「ううん、これは僕が稼いだお金で買いたいから月のお小遣いは使わないよ！　それに、お手伝いってマリーや、ヒューイさんのお手伝いで稼いだお金だもん！　親は関係ないよ」

六歳児のセリフではないぞ俺。自分でお金を稼いで、好きな子にプレゼントを贈るなんて。

その心意気やよしだが……その二人に給料を払ってるのはお前の親なんだがな？

しかも、事情を知ってるマイケルとマリアが給金とは別にお金を渡して、お手伝いを斡旋してるぞ？

俯瞰の視点で、全部見てきたから。

ヒューイの指示するお手伝いは、実際にはマイケルが考えたマルコの訓練を兼ねたものが多い。お使いだったとしても、ちょっと遠いところで時間制限があったり。もちろんヒューイが一緒に付いて行ってるから、それをお使いと呼んでいいのかとも思うし、そもそもヒューイが一人で行ってこられるだろうという話だ。

マリーの場合は純粋な女性のお手伝いから新聞を読んであげるなど多岐にわたっているが、教育の一環に近いようなお手伝いが多い。

こっちは別にマリアに頼まれたわけではなく、マリー自身がマルコのために考えていることが多いが。

二人ともマイケル達に貰ったマルコのお小遣い用のお金を、きちんと管理していて着服なんかもしていない。本当に信頼できる人達だ。

そうやって実際には大人達の掌で転がされてたわけだが、本人にとっては一生懸命お手伝いをして貯めたお小遣いということで、誇らしげに自慢していた。

「嬉しい！」

マルコの言葉に対してアシュリーが花が開いたような笑みを向けたあと、顔を俯けて表情を曇らせる。

「でも、せっかくだけど……貰えないかな？　私マルコの誕生日に何もしてない」

どうやら自分がマルコの誕生日に、贈り物をしてあげられなかったことを申し訳なく思っているらしい。悪い子じゃないらしく、マルコの見る目も確かだと感心する。

「おめでとうって言ってくれたじゃん！　それだけで、何よりも幸せだよ！」

そんなアシュリーを慰めるように笑顔で語り掛けるマルコ。

おいおい、マイケルが聞いたら泣くぞ？

マイケルは今年は奮発して立派な鉄製の騎士の模型を、マルコに買ってあげてたからね。

精巧な作りの置物で本来なら子供のおもちゃではなく、オブジェとして飾るような立派な一品。鎧に刻まれた細工を見ただけで、安くないものだというのは俺でも分かる。

その贈り物にはマイケルのマルコに騎士になってほしいという親の願望が込められている。

マイケルの思いはよく分かるけど、貰った側の本人は満面の笑みを浮かべつつ、内心は微妙に思っていたのだけれど。

マイケルに対して上手に隠していたというか、マイケルが単純だったというか。

笑顔で騎士の模型を胸に抱いて感謝する息子に、満足そうに頷いていたのが不憫だったな。

その点、マリアは流石母親だ。

五歳からこっそりと剣の練習を始めたのを知ってて、刃の無い鉄の子供用の剣を用意してたからね。

マルコが今欲しい物を、的確に把握している。マイケルのプレゼントの方が遥かに高価だったけど、マリアのプレゼントの方が重宝されている。まあ置物をおもちゃ代わりに与えられてもね。

流石にそれなりの教育も受けているわけだし、騎士の置物でお人形ごっこをするような子には育っていない。

実際に使うことができる特訓用の剣の方が、よっぽど有意義で騎士を目指すには建設的だ。

ちなみに、マリーがわざわざ勤務の前に焼いたケーキを、マルコが一心不乱に食べる姿を見てマリアが悔しがっていたのは内緒だ。

マリアの中でなくなってしまう物は贈りたくないという思いがあったようだが、美味しそうにケーキをほおばる息子の笑顔は何物にもかえ難いことだったらしい。

嫉妬とともに、記憶にマルコの可愛らしい姿を刻み込んでいるようで、息子を見つめる眼差しに若干の狂気を感じたのはナイショだ。

なんだかんだで、使用人を含めて本当に仲の良い、平和な家庭に生まれて良かったんだか悪かったんだか。

前世の記憶がまるまる残っている俺にとっては、本当の家族にはなりえない存在だが、マルコにとっては本当の家族なので大切に思う気持ちはある。まるで家族に向けるような愛情も、心の中にある。

それがかえって、物凄くうすら寒い虚しいもののように感じてしまうのだ。

「坊っちゃん、そろそろ」

「もう、そんな時間？」

おっと、マルコが移動するみたいだ。

外で一時間おきに時を知らせる鐘の音に反応したトーマスが、アシュリーと盛り上がっているマルコに申し訳なさそうに声を掛ける。

次の目的地は、冒険者ギルドだったな。ついでに、そっちの方での様子も見ておくかな。

別にいちいち見る必要もないし、経験や記憶を共有すれば済むのだが。こうやって、第三者視点で見るのもまた楽しかったり。

いろいろと地球とは違って、街並みを見ているだけでも時間が過ぎていくくらいに。

あくまで客観的に見てるからだろうとは思うが。

実際にこの世界で第二の人生を満喫したかったら、身体に戻れば良いだけなんだけど。

俺が戻ると、子供っぽくない行動や発言をうっかりしちゃうこともあるし。何より一度大人になるまで人生を過ごした以上、また子供をやり直すのもなと思わなくもない。

これが現世日本で、過去に戻ってのやり直しなら本気でいろいろと取り組んだだろうけど。

流石に勝手が違いすぎて、あっちで培った経験が全くといっていいほど役に立たない。何よりも……前世で過ごした日本に比べて暮らしにくい。

いろいろと不便というか、まだ管理者の空間の方が、元いた世界に寄せられる分ストレスなく暮らすことができる。

なので基本は、あっちの俺に任せっきりだ。

「ごめんアシュリー！　また、今度ゆっくり予定を決めよう！」

「うん！　楽しみにしてるね！」

アシュリーが嬉しそうにマルコに手を振っている。

うん、普通に可愛い。子供として。

外国人の子供って本当に天使みたいだよね。

そういった意味だと、マルコもめちゃくちゃ可愛い。

でも自分だと思うと、複雑だけど。

うわっ！　マ……マスター……

スキンヘッドの髭面のおっさんがエプロンを噛むな！　悔しいかもしれないけど。

仲睦まじい様子とはいえ、まだまだ小さな二人に対して、いい歳したおっさんが本気で嫉妬とか。見苦しいことこの上ない。

もう少ししたら、男の子同士、女の子同士の方が楽しいって時期が来るから。その後の思春期までは、しばらく安心して過ごせるからさ？

今は、もう少し大人になってもらいたい。


涙を滲ませて、エプロンを噛むマスターにドン引きしつつマルコの後を追う。

マルコが向かったのは、冒険者ギルド。

別に、六歳にしてすでに冒険者ってわけじゃない。今日が週に二回の、冒険者ギルドにとある依頼をする日だからだ。

扉を開くとカランカランという小気味よいベルの音が鳴る。

小さな来客に、室内の武装したガラの悪い連中が視線を向ける。

中は少し広めの役所といった感じだろうか。外は石作りだったが、内装は板張りになっている。

入口から入ってすぐ右手にパーティで打ち合わせをしたり、仕事前や仕事終わりに軽食を食べられるようなスペースもある。酒類は取り扱っていないようだが、簡単な食事とドリンクの提供をしているらしい。

ホテル内のロビーと併設された喫茶店みたいな感じかな？

正面突き当りにはカウンターがあって受付が四列と、相談窓口のようなものが。

四つある受付のうちの一つは依頼の受注窓口らしく、綺麗めな女性が凛とした佇まいで書類仕事をしている。依頼を発注する側が、冒険者ギルドにとってはお客様だから当然か。

発注用のカウンターは……可愛らしい女性もいるが、いかにも事務職ですといったおじさんやおば……お姉さんもいる。

本当に受付って感じだな。

まあ、冒険者に対して綺麗どころをぶつけても、揉め事にしかなりそうにないし。

左手には掲示板があって、そこに依頼書が貼ってあるらしい。

が、ここに貼ってあるのは新人向けから中級者向けの依頼が多い。

流石に訪れたのが昼過ぎだったからか、掲示板の前には人がほとんどいない。

もちろん、夜から依頼に向かう冒険者もいるわけだから、どの時間帯でも大体数組は冒険者がいるのだが。

そして上級者向けの依頼は、別途書類にまとめて綴じてあるらしい。所謂B級以上の冒険者ともなると特別扱いとなり、カウンターに座ってゆっくりと依頼を選ぶことができる。

飲食スペースまでなら持ち出しも許可されていて、そこにある椅子に足を組んで座ってコーヒーを片手に依頼を選ぶのが新人達の目標だ。

ちなみに受付カウンターの横の通路を抜けて裏口を出ると、素材の買取所がある。

解体が必要な物から、大型の物まで対処できるように建物の裏手にあるらしい。

裏から大型の素材をそこに直接持ち込むこともできるらしく、なかなかよく考えられている施設だと思う。

この施設がここまで充実してるのは、ここがベルモント領の冒険者ギルドの本部でもあるからだ。

ベルモントの街というだけあって、ここは父であるマイケル・フォン・ベルモントの統治する領地の主要な街だ。県庁所在地みたいなもんかな？

そして、うちの邸宅がある街でもある。

人口は四〇〇〇人ほどで、国内でもまあまあ大きな街ともいえる。

街自体に目立った産業は特にはないが割と広めの街で、周辺の村々の特産品が集まる交易都市といえば分かりやすいだろうか？

内陸に位置しているので海は無いが、ラーハットと呼ばれる海辺の領地の領主とマイケルが懇意にしているお陰で、年に数回程度だが海の幸が届けられ食することができる。

魚は……異世界ぽいものから、普通に地球でも見られそうなものまで幅広くいる。

海老や蟹なんかになると、巨大なものは本当に大きかったりする。

巨大なそれは食べないが、小型のものならば……あくまでこの世界で小型というだけで、実際には地球でいうロブスターやタラバくらいのサイズはある。

一方でこちらは海に面していない分、山の幸や畑で取れるものは多いが、逆にいえば周辺の領地でも取れる物は似たり寄ったりだ。

領地として見ても売りとなる商品が無いだけで、生産力は決して低くない。

ベルモントの領内の村では林業や織物のほかに、広大な麦畑を擁している村もありそこそこ物資は安定しているのだ。

しかし、それもほんの少し前までの話。

三年位前から……厳密には多少言語が達者になって意志の疎通に不便がなくなったころに、マルコの身体を使って、多少のテコ入れをさせてもらったおかげでようやく特産品と呼べるものができつつある。

それぞれの村が特色を生かした工芸品を作っており、ベルモントの街がそれを販売する拠点にもなっている。

始めは前世の記憶を手繰り寄せて、簡単にできそうなもので経済効果が見込めるものを、と考えた。となれば、まずは農業関連から。

二毛作や、農具の開発などがあげられる。

連作障害なんてのは、まだこの世界の概念にはなさそうだったのだが。そもそも、連作障害自体が無かった。

同じ作物をずっと育てると生育が悪くなるという研究は既にあり、それに対する対策として土の魔石を用いた土の活性化が行われていた。

流石異世界。肥料の代わりに、魔石と魔力で補うとは。

確かに魔石は安くはないが、土地を肥やす程度の効果なら中くらいの魔石で十分だった。

農業にも手を出したかったが、色々と考えてあとまわしにした。

アイデア自体は無いわけではない。

実のサイズや、量の優れたもの同士を掛け合わせていくことによる、品種改良くらいならすぐに実行できる。結果がすぐに出ないだけで。


だったら、工芸関係で何かできないかと。

チェスのようなものはあるが、貴族様のお遊びでしかない。

何よりルールが複雑で、覚えるのが大変。

だったら、定番もので攻めるべきだろう。ずばりリバーシ！


先人達のアイデアに乗っかって、単純かつ暇つぶしになるような遊びといえばやはりここに行きつく。いや、そういったライトノベルに触れていなかったら、こんなことすら考えつかなかっただろう。

幸い、無料で読める小説サイトでいろいろな異世界物を読んできた。

故に、使えそうなものはいくつか候補がある。子供が実行するには、身の丈に合わないだけで。

その点、遊びに関するものなら多少は誤魔化せるだろう。

そう思ってお試しでやってみたのだが、思いの外、評判が良かった。

なのでベルモントの街の最寄りの村で、年寄りや手の空いている女性達の内職として作らせることにした。

そうやって作られた石と盤はベルモントの街に納入されたあと、うちの家の紋章を焼き鏝《ごて》で入れたボードが正規品という扱いになる。

まあ、リバーシを浸透させるのにほんのちょっとだけ、手間が掛かったくらいか？

以前父親のマイケルについて隣の村に視察に行ったときに、村の子供相手に拾ってきた黒い石と白い石を使って地面に書いたマスで相手をしてやった。

領主様の息子相手ということで、親からいろいろと言い含められたのだろう子供達は最初から俺の子分のような態度だった。

まあここで俺に顔を覚えてもらったら、将来領主の館に使用人として引き立てられることもあると考えているのだろう。

いや、ないから。よほど、勉強を頑張らないと。

せめて自分で面接にこぎつけるくらいは努力してもらわないと、仲良くなったくらいで仕えられるほど貴族の世界は甘くない。面接まで来られて、よほど印象に残っていたなら多少の便宜を図ることはあるかもしれないが。

そんな領主様の子供が始めた新しい遊びに、子供達が夢中になるのに時間は掛からなかった。

最初は強制的に付き合うしかなかったわけだが、やってみたらルールは単純で子供達でもすぐに覚えることができる。できるようになると、勝ち負けを気にし始める。

俺に対しては本気で挑んでも勝てないわけだが、接待させると折角の楽しいゲームも台無しなので、俺に勝ったら褒美をやろうと提案。

皆本気になって、練習を始めた。


三回くらい訪問すると、村のあちらこちらで地面に線を引いてリバーシをやっている人を見かけるようになった。子供だけじゃなく大人まで。

ちなみに俺に勝って褒美をもらえるのは子供だけだよと伝えると、大人達はあからさまにガッカリしていたけど。

こらこら、お貴族様にそんな表情を見せるんじゃないよと思ったが。

マイケルが気付いてなかったので、俺も見て見ぬふりを。

使用人が目ざとく見つけて、注意していたが。

その場での指導に留めてもらうよう、一応口添えはしておいた。

不満そうだったが、マルコ様の寛大な処置に感謝をと締めくくっていた。

皆、あからさまにホッとしていた。

だから……まあ良い。

悪い人達じゃないことだけは、分かった。

それからルールが浸透してゲーム自体が村で流行り始めたころに、子供達の親の中に手先が器用で木彫りを得意とする者がいたので、直接話をして木製のボードも作らせた。

駒は流石に白い木の板を片側だけ火で炙らせて黒くしたものだったが、すぐに親父であるマイケルもはまった。一戦終わるころには、指先が真っ黒に。

失敗。

で、試行錯誤して黒い石を丸く削って中をくりぬいた白い木にはめ込むタイプの駒を作るに至った。

流石に二枚の石を合わせる技術などはなく、現世で慣れ親しんだ綺麗な黒白半々の駒を作るのは当分先になりそうだった。

ルールはちょっと弄って黒い駒を後攻とした。なんとなく、この世界では白の方が黒よりも優先されるようなイメージを抱いたからだ。

そんな思いとは裏腹に黒の方が素材が石ということで、木よりも高級感があって人気だったりする。

主に権力が上、もしくは実力の上のものが黒を取るようになったため期せずして、良いバランスにもなったが。

父方の祖父は実家でもあるので、簡単にやり取りできたのだが。

嫁いできた母方の祖父に対して、意味もなく贈り物をするのも。

いろいろと考えた結果、マリアに対して……

「ぼく……こんどエドガーじーじと、リバーチしたいです……」

と吹き込んでみた。

孫である俺とリバーシをするには、ルールを覚える必要があり、ルールを覚えるには物が無いと話にならない。

これで、リバーシセットを送ってくれるかなと打算的に行動。

万全を期して、子供らしさを求める母親の理想に応えつつのおねだりだ。

「貴方が普通に喋れることは知っているから、もう良いのよ……ごめんなさいね、母のわがままをおしつけて」

と真顔で言われた時は、顔が真っ赤になるくらい恥ずかしかった。

でも、その表情を見て母親が悶えて抱き付いてきたので、状況が好転。

結果頑張ったおねだりよりも、思惑を見破られて赤面した俺に落ちたのだ。

お陰でその日のうちに、我が家にあったリバーシは母の実家に向けて送られた。

うちに一組しかなかったものをそのまま送ったため、マイケルが一生懸命探していたのは滑稽だったけど。


この世界の俺の母親にあたるマリアの父親である、エドガー・フォン・マーキュリー伯爵にも送ったことで王都の貴族の間でも徐々にリバーシは広まっていった。

その過程で王族も興味を持ったことと、その際に王都に最初に持ち込んだエドガーによって発祥がベルモント領であることが伝わった。

さらに孫可愛さにエドガーが権利の保全に全力を尽くしてくれ、王国御用達はベルモント印のリバーシになった。このため今この街はリバーシ特需で湧いている。

一応父方の祖父であるスレイズ・フォン・ベルモントにも送ったのだが。

あまり、そっちの反応は芳しくなかった。

まあ、チェスに似たゲームを嗜んでいるらしく、単純なリバーシにはそこまで惹かれなかったらしい。


経済状況が良くなったこの街では、冒険者向けの依頼が多く出せるようになっており、ギルドもリバーシ販売による経済効果のおこぼれに預かることができたわけである。

まあ、領民だけでは手が回らない公共事業の受け皿として、ギルド所属の冒険者に依頼が出せるようになったということだ。

例えば街道整備のための事前調査とか、整備作業員の護衛とか。

あとは、リバーシの輸出用の輸送護衛とか。

他には害獣駆除なんかも、今まてよりは高頻度で行えるようになった。

もちろん、領内にあるダンジョンの探索を目当てに来ている冒険者もいるが、ダンジョン探索なんてのは魔物の素材やお宝のドロップが無ければなんの稼ぎにもならない。

特に低階層の素材などは、大抵どこの領地でも溢れていて捨て値にしかならない。

なので、彼等も時折こういった依頼に手を出さないと食っていけないのだ。

ダンジョンもあって、その探索の後押しとなる領主からの常時依頼もそこそこあるこのギルドには、周辺の領地からも多くの冒険者が集まっている。

となれば当然、お行儀の良い連中ばかりでもない。

「なんだ、ガキがこんなところになんの用だ？」

いかつい冒険者が、マルコを見てニヤニヤと笑いながら声を掛けてくる。

このギルドでも、結構長いこと滞在しているB級冒険者のキアリーだ。

髭面のおっさんで、右のこめかみから唇の横まで伸びた傷跡が強面のおっさんをさらに怖く演出する。そこそこの素材と思われる特殊な皮鎧と、肉厚の斧を持った戦士だ。

護衛についてたトーマスがわざとらしく咳払いをする。

周囲の冒険者も何人かがニヤニヤとイヤらしい笑みを浮かべ、こっちを見ている。

それとは別に、微笑ましいものを見るような笑顔を浮かべる者も数人いる。

あとはこっちを一瞥しただけで自分の目的に戻る冒険者が大半だ。

「はんっ、立派な保護者付きでガキがなんのようだ？　ここにゃミルクは置いてねーぞ」

キアリーが小ばかにしたことで、他の冒険者の中からも調子に乗ったアホが一緒になってヤジを飛ばしてくる。

それを無視すると真っすぐキアリーのところに向かって、対面の椅子に座る。

「キアリーさん、こんにちわ！」

「チッ！　これでも、世間じゃ泣く子も黙る黒い斧のリーダーなんだけどな。よく来たな、今日は何の依頼だ？」

　マルコが元気よく挨拶すると、キアリーが表情を崩してマルコの頭をグシグシと撫でる。

　周りでニヤついていた連中の表情が固まるのが分かる。

「今日は訓練の日だよ！」

「そうか！　もうじき弟か妹が生まれるから少しでも早く強くなりたいんだっけ？」

「ゴホン！」

　仮にもこの領地の領主の息子であるマルコに対して、軽口を叩くキアリーにトーマスが再度わざとらしく咳払いをして注意を示す。

「おー、怖い怖い。で、マルコ様は、今日は誰に訓練を付けてもらう予定で？」

「ふふ……トーマスも、そう怖い顔しないの！　キアリーさんは僕の師匠の一人なんだけど？」

「ですが、今日はまだ訓練は始まってませんので……」

　トーマスは若くて少しいい加減なところもあるが、領主一族に対する忠誠は本物だ。

　だから、不遜な態度を取るこの目の前の男が面白くないらしい。

　というか、嫌っている。

　かといって、直接何かするわけでもないが。

「大体、こんなところに来なくても訓練なら、私達だってつけられますし」

「えー……だって、トーマス達って僕が何しても褒めてくれるから、なんだか不安なんだもん」

　父親であるマイケルの影響か、うちの衛兵達もみんなノホホンとしている。

マルコが剣を抜いたら、

「おお！　まさしく未来の英雄が見える、見事な抜きっぷり」

マルコが剣を振れば、

「なっ！　速すぎていつ振ったのか見えなかった！」

マルコが走れば、

「は……速すぎてついていけません！」

なんて、いちいち褒めてくれる。

馬鹿か！　アホか！

そんなこと真に受ける奴が……いや、案外普通の六歳児なら、おだてられて調子に乗って
もっと頑張るかもしれないが。

そんなわけで、たぶんまともに剣が扱える年齢になるまでは、うちの護衛じゃ訓練に対して
なんの役にも立たないだろうってことは分かった。

だからこその、冒険者ギルドだ。

もちろん、訓練をつけてもらうための依頼料は小遣いから出してるが。

「今日は剣を習いに来たんだ」

「そうか……えっと、おいローラ！　領主様んとこの坊っちゃんが剣の先生をお探しだ！」

「はいはい！　もう、いちいち引き留めないで、そのままカウンターまで来てもらえば良いのに！」

キアリーに呼ばれた受付嬢の一人が、肩をすくめながらカウンターから出てきてマルコの前

で綺麗な一礼をする。

一応ここの職員達は、このギルドのお得意様の息子でもあり、領主の息子でもあるマルコに対する礼儀は持ち合わせている。

そして、キアリーの紹介に対してニヤニヤしていた連中が慌てて顔を背ける。

まあ新人か、他の街から来たばかりの冒険者達だろう。

なかには、子供が普通に入ってきたことで本気でからかいにくるボンクラもいるから、こうやってランクの高い常連の冒険者が先手を打って挨拶をしてくる。

とはいえ、キアリーみたいなのはあまりいないけど。

大体が、最低限の礼儀をもって接してくれてる。キアリーのことは嫌いじゃないけどね。

お陰で、何も知らない新参者が領主の息子に対して、本気で狼藉を働くという事件は起こっていない。

まあ、絡んできたところでトーマスが出る前に、他の先輩冒険者に裏に連れていかれて泣きながら謝りにくる羽目になる程度だが。

冒険者にとって先輩方に目を付けられるのは、領主様を相手にするのと同程度に死活問題らしい。

マルコが笑顔で許しているから助かっているだけで、マルコが黙って首を横に振れば、ベルモント領を歩くことができなくなる程度には影響力があるとのこと。

それ以前に身なりの良い子供が冒険者ギルドに来るなんて、お使いか依頼以外ありえないだろう。少しは顧客獲得に気を使ってもらいたいものだ。

頑張ってね、キアリーさん達。

人材の流出は領地にとっても街にとっても大きな損失だから、矯正できる人達は矯正してもらった方が助かるからね。


マリアが妊娠して、ある程度自由が利くようになったマルコはこうやってギルドに素材の買い付けか、武器の訓練に来るようになった。俺の意志によるところが大きいが。

本当は、もっと小さいときからやりたかったが、両親が過保護すぎてなかなか一人で自由行動が取れなかったのと、屋敷の人達にお願いしてもあんまり役に立たなかったため駄目だった。

まあ、スキル込みでいけば結構な戦闘力を持っているとは思うけど、今のところ両手の秘密は誰にも言ってない。

それにスキルといっても、俺のスキルじゃない。

合成強化によって虫達が得たスキルを借りることができるからという意味だ。

子供のくせに、おおよそ人が身につけられるスキルとは明らかにかけ離れたスキルを持っていることを周囲に言えば、絶対に面倒なことになりそうだったので、ある程度の自衛手段を得てから表に出していくことにしている。

一人でも生きていくことはできるが、マルコにとっては家族と別れるのは寂しいだろうし。

＊＊＊

「はいっ！　次は上段に構えての素振り二〇〇回」

女性剣士の指示に対して、大きな声で返事をして素振りを続ける。滝のような汗を流しながら、鉛のように重くなっていく腕に鞭を打って。

いくら子供用の木剣とはいえ、辛いものがある。

剣だけじゃなく、自分の腕まで重く感じる。正直、傍から見たら虐待だろう。

だが、そこは冒険者達。自分の命を守る技術を培うのに、容赦はない。

「……一九八……一九九……二〇〇！」

素振りを終えて、思わず座り込みそうになるのをグッと堪える。

ダランと下がった手の先で、木剣の切っ先を地面に突き刺すことでようやく少しだけ楽になる。

「マルコ様は、本当に才能がおありですね」

本日の剣の先生であるローズが、手ぬぐいを渡してくれながら頭を撫でてくれる。

小さいときは腕力よりも、技術に長けた女性剣士の方が良いだろうということでキアリーが推薦してくれたC級冒険者だ。

本名はメリーさん。

ありきたりな、田舎にいそうな女の子の名前ということでローズと名乗っているらしい。

田舎にいそうというか、ベルモント領の森の入口の村の出身で正真正銘の田舎者だ。

まあ、今は大分あか抜けているけど。

軽い癖のある赤毛の髪を、前衛職らしく短く切って少しワイルドにセットしている。

ちょっと垂れ目で、優しい顔つきだ。そばかすがチャームポイントだけど、普段は化粧で隠している。

たまに依頼帰りに、化粧が取れてたりしてそばかすが見えていたり。確かに、その時ばかりはちょっと田舎の子っぽくなるけどね。

その辺りも合わせて可愛らしい子で、精神年齢が大人な俺の方からすればアシュリーよりよっぽど魅力的だったりもする。その、大きすぎず小さくもない胸部装甲込みで。

装備はビキニアーマー……なんてことはない。

赤い革のライトアーマーに身を包んでいる。

赤なんて目立ってしょうがないと思うんだけど？　魔物も、赤いものを狙ってくることが多いらしいし。

本人曰く獲物を探して歩き回るより、こっちに向かってくる獲物を狩る方が楽で良いと言っているけど。やはり少しばかり興奮作用があるらしく、魔物も割と大胆に襲って来るらしい。

静かに忍び寄って不意打ちを受ける可能性が、気持ち下がる気がすると。

これは本人談。

勝手な持論。科学的根拠は全くない。

それどころか、この世界に科学はないが。物の例えだ。

「少し休憩を挟んで、次は乱取りです」

「はいっ！」

そして、水平斬り、袈裟斬り、縦斬りの素振りの後はローズさんとの乱取り。

基本的に、

「次は打ち下ろし！」

「はいっ！」

ローズさんが振り下ろした剣を、水平にした剣の腹を左手で支えながら受ける。

「しっかりと指を反らして掌で剣を支えないと、自分の剣で手を斬りますよ？」

「はいっ！」

「次は逆袈裟！」

「はい！」

そして、振り下ろした剣で斜めに斬り上げてくるのを、手首を返して両手でしっかり柄を掴んで受ける。

「脇を思い切り締めて、手首で交差して両肘をしっかりと内側に入れて手を固定しないと、速度の乗った剣は受けられませんよ？　基本的には上から受ける方が有利なのですから体重を乗せて！」

「はいっ！」

ローズさんが宣言して、少し遅れてくる斬撃を受けるだけという乱取りだ。

徐々にスピードが上がっていくのだが、ゆっくりとした乱取りというのも結構疲れる。

「お……恐ろしく素直で理解力も吸収力も、六歳児とは思えませんね……」

「有難うございます」

ちなみに、ギルドの人達が褒めてくれる分に関しては、素直に受け止める。

ちゃんと指導してからの結果だから。


二時間で銀貨五枚の収入だが命の心配もなく、ある意味武の才能を秘めた子供の訓練ということでかなりの人気がある依頼だったりもする。

お金の価値だが、マルコがいる国ではシビリア硬貨というものが使われている。

感覚的に銅貨が一〇円、銅貨一〇〇枚で銀貨になる。

銀貨が一〇〇〇円ってところかな？

領主の子息とはいえ、子供の小遣いからすれば破格であることは間違いではない。

これが終わったら家に帰るだけだ。

帰ったら、湯浴みをしてご飯を食べて爆睡。

これが、最近のマルコの一日だ。

湯浴みといったが、流石子爵家。家にお風呂がちゃんとある。

これは、本当に嬉しかった。

中世相当っぽい世界でいろいろと不安だったが、衛生管理はしっかりとできていた。

窓から道に汚物をポイ捨てするような者はいなかった。

神様に一番感謝したのは、水洗便所の存在。

さすがに温水洗浄便座まではなかったが、貴族の家では水の魔石を使った水洗便所が常備されている。街の地下に水路が流れていて、それが下水の役割をしている。

下水にはお馴染みの水棲スライムがいるらしく、汚物の分解をしてくれる。そうしていきついた先では、浄化の魔道具による水の浄化が行われていて綺麗になった水が川に戻されるらしい。これぱっかりは、本当に良かったと思う。

＊＊＊

「それにしても、僕も飽きないものだね」

夜になってベッドに入ったマルコが、独りごちる。

というわけではない。俺に話しかけているのだ。

マリアが弟か妹を妊娠して少ししてから子供部屋を与えられたマルコは、ずっと一人で寝ている。

まあ寂しかったらいつでも来ていいのよと言われているが、マルコから行ったことはない。

あまりに行かなさすぎて、マリアがマルコの布団に忍び込んでくることがしばしば。

愛されているというか、なんというか。

ただ、一人は寂しいのか暇なのか、自我が定着したこともあって、マルコが俺に話しかけてくることが増えてきた。

「やっぱり、男として武器を手に戦うのって憧れるだろ？」

自分で自分と会話するのも変な感覚だが。それはマルコも同じことなのだろうか。

結局いろいろなことを共有しているので、お互い相手を自分だと認識している。

同調すれば考えていることも分かるから、会話の必要すらないのだけど。

別々の思考を持つことで、何かメリットがあるかもしれないと思いあえて同調していない部分もある。

何より前世の知識や考え方が、この世界の人間関係にどのようなデメリットを生むか分からないのでマルコにこの世界の周囲との調整を任せている部分はある。

最近では完全に意識を統合して行動するだけではなく、俺がマルコとして行動することも増えてきた。

その間、マルコは管理者の空間でくつろぐことになっているが、マルコにとってもそれはあまり嫌なことではないらしい。

「腕が物凄くだるい」

「知ってる、そのお陰で強くなれるんだ」

「いや、そうなんだけどさ」

今日も訓練を頑張り過ぎたので、腕がパンパンになっている。

マルコに訓練を受けさせると、精神が未熟なので疲れたら集中力が乱れるのだ。

動きにキレがなくなって、惰性で剣を振り始めて効率も落ちるので俺が訓練をやっている。

いや、建前だけど。

管理者の空間だと疲労を感じることもないので、たまには身体を動かしたことによる心地よい疲れを感じたくなるのは仕方ないだろう。

「カブト達が物凄く大きくなっててびっくりした」

「俺も、マルコの身体がきちんと鍛えられて驚いた。ちゃんと基礎訓練はやってるの知ってたけど、効果が出てるな。たまにしか身体を動かさないから、良く分かる」

「えへへ」

物凄く変わった自画自賛なのだが、マルコは俺が褒めたことで素直に喜んでくれる。

自分だと分かっているのだろうが、マルコは俺のことを少し歳の離れた兄のように思っているのだ。

4　ベルモント家の人達

そんなこんなで、しばらくはマルコも俺も充実した日々を過ごしていた。

そして、環境に変化が訪れた。

「テトラは、本当に可愛いわね」

「そうだな、まるでマルコの産まれた時のようだ」

両親の寝室で、マリアが赤子を抱っこしてニコニコしている。

プクプクした頬っぺたが、真っ赤っか。髪の毛が薄く、皺くちゃな顔はマルコから見ればまるで猿だ。

そんな猿と一緒にされて複雑な気分に陥りつつも、えてして赤子はみんな猿であると思い自分を納得させる。そう、ようやくマルコに弟が生まれたのだ。

テトラの真っ赤なほっぺを指でツンツンとつつく。

彼はちょっと、嫌そうに顔を顰める。

それから、マイケルの方に視線を送る。そのテトラの視線に合わせて、マルコも父親を見る。

「寒いんじゃないの？」

「いや、赤ちゃんは皆こうだぞ？　ほっぺが赤いから赤ちゃんなんだぞ！」

父親が何やらアホなことを言っている。いや、間違ってはないけど皮膚が薄いから全体が赤

く見えるわけで、ほっぺだけを指したことじゃないんだけどな。

まあ、そんなことを六歳児のマルコが指摘したところでなんにもならない。

精々、「あら、マルコはよく知ってるわねー」とマリアあたりに褒められて終わりだ。

これ以上ここにいても、「可愛いわー」「可愛いなー」という、まったくもって語彙が貧相な両親の弟自慢を聞かされ続けるだけだと思い、マルコがそそくさと部屋を後にしようとする。

マリアの視線が、マルコの背中に突き刺さっているが本人は気付いていない。

「取りあえず、出かけてくるね」

「もう！　少しはマルコもテトラに構ってあげてちょうだい」

「そうだぞ、マルコ！　お前の弟なんだから」

確かに弟は弟で可愛いのだがマリアが全く手放す気もなければ、六歳児が抱かせてもらうわけもないのでここにいても正直暇なのだろう。

それに、マルコもマルコでいろいろとやることがある。

「その弟を守れる兄になりたいので、外で訓練でもしてきます」

「むう、そうか？」

「まあ、マルコは立派なお兄ちゃんなのね！　頑張ってね！　でも、マルコは私が守るからあんまり強くなっちゃ駄目よ？」

相変わらず両親がチョロい。普通だったら、子供が毎日親の目の届かないところに出かけてたら、何か思いそうなものだが。まっ、いっか。

「トーマス、暇？」

「いっつも、私だけが暇みたいに思ってませんか？」

酷い扱いだと思う。一応、勤務中の人間をつかまえて暇？　なんて声の掛け方は流石にないだろう。

確かに特に大きな事件が起きるわけでもないので衛兵の全員が暇ではあるのだろうが、その中でも一番従順なトーマスが自然とマルコのお出かけのお供になるのは仕方ないだろう。

仕方ないだろうが、もう少し声の掛け方というものがあるだろうに。

トーマスを従えたマルコが、お決まりのルートで街の中を適当にブラブラする。

もちろん最初はアシュリーとのお茶会だ。貴族風に言えばお茶会なのだが、普通に喫茶店で店員を口説いているチャラい男以外の何者でもない。子供だから許されることだと思う。

改めて言うが、前世の俺にこんな行動力はなかった。このマルコのアグレッシブさはなんなのだろう。

子供の頃の俺がこの世界に染まっただけなので本質は俺のはずだ。

ということは、俺って……あまり深く考えないことにしよう。

マルコらしく、俺が成長したということで……それはそれで、あまり楽しくないが。

今日の話題は、いかにテトラが可愛いかをアシュリーに力説するマルコ。

マリアとあまり変わらない。

アシュリーの食いつきがいいけど、別にテトラをネタに距離を縮めようとしているわけじゃないことは分かる。純粋に弟自慢に来ているだけだ。

アシュリーの小さいころを思い出しているのか、マスターも懐かしそうに眼を細めて話を聞いている。

それから武器屋喫茶を出てギルドに向かってゆっくりと歩き始めたのだが、うん……めっちゃ怪しい男達が後ろを付けてきてるな。

丁度マルコとトーマスが喫茶店を出るのを見計らったかのように、建物の影からフードをかぶった男達が。

現在俯瞰の視点でマルコ達を見ているので、これは街の上空からカメラでマルコの周囲を含めて見ているような状況でもある。

っていうか、オプションで普通に自分を確認するだけの機能だったのに、よくよく考えたら三六〇度周囲の状況が見られて、尾行や不意打ち、伏兵まで見られるってこれだけでもチートじゃないか？　なんていうか、鷹の目的なスキルというか。

しかも意識は別々に持っているし。俺が見ている映像をマルコに送り込むこともできるし、俺が身体に戻って対処することもできる。ただの必要機能に、とんでもない副産物が。

たぶん、これは完全に邪神も善神も想定外のおまけだと思う。

ズルして見てるから、マルコの後をつけている連中がプロなのかどうかも分からない。

マルコもトーマスも気付いていないみたいだし……

まあ、トーマスはずっと事件が起きていないために、平和ボケしているっぽいしな。

とはいえ、護衛としてそこまで無能ではないはず。

となると、やはり一定のレベルを超えた輩と考えて警戒しておくべきだろう。

つけているのは四人組と……少し離れたところにもう二人か。

この二人は四人組とグルなのか、四人組をつけているのかは分からないけど。

取りあえず、先をいく四人組はぱっと見でろくな奴じゃないことだけは分かる。

なぜかって？　着ているものと顔だな。

見た目で判断するわけじゃないが、どう考えても悪人面だ。

それにナイフを隠し持っているのも分かる。あんまり慣れていないのか、しきりに懐を確認したりしてるから画面をピンチアウトして拡大してみたら、ナイフを取り出して何回も確認してた。

うん、前言撤回。

たぶんあまりにもレベルが低すぎて、トーマスの警戒に引っかかってないのか。

気付いていて、気にするほどじゃないと判断したのか。

いやぁ、トーマスものほほんとしているから、こっちの判断も難しい。

取りあえずその後ろの二人は、まあまあ良い服装だからこいつらの上の人間か……それとも、他に目的があるのか。十中八九、グルだと思うのだが。

いつもなら、ギルドに向かうのにそこの人気のない路地を通るんだけど……

路地の方に視線を向ける。

タブレットの画面サイズは任意で変えられるので、かなり大きくしてある。

加えて広範囲で映しているので、画面の中に路地も収まっている。

ああ、そこにも三人ほど待ち伏せさせてるのか。

画面の中にはしっかりと、路地で物陰に隠れている怪しい人影が。

捕まえて目的を聞き出したいところだけど、一緒にいるのがトーマスだしな。マルコに万が一のことがあっても困るし。

仕方ない。

(マルコ、尾行されてるぞ？)

「え？」

マルコの脳内に声を掛けると、マルコが素っ頓狂な声をあげる。

「どうされましたか？」

「いや、ちょっと」

トーマスが怪訝そうな顔をしている。

流石に不安になったので、マルコに交代を告げる。そしてマルコの中に戻ると、足を止めて振り返る。

「つと、そうだ！　トーマス！　さっきから後ろを滅茶苦茶怪しい人達がついて来てるけど、知り合い？」

「……違いますよ？」

俺が尾行に気付いたことに、驚いたらしい。どうやら、トーマスも気付いてはいたらしい。

その上で、気にするほどではないと思ったのか。

それとも、マルコを無駄に怯えさせないように気を使ったのか。この男相手だと、良く分からない。

分からないことを考えても仕方ないか。

「さっきから、あの人達がずっと後ろを付いて来てるんだよね」

あえて裏の路地に入る前の、まだ人が沢山往来している目抜き通りで、大声を出して後ろの四人組を指さす。

「「「えっ？」」」

トーマスが俺の指さした方を向くと、慌てた様子で四人組が声をあげて人ごみの中に分け入っていくのが見える。

「どけお前ら！」

「邪魔だ！」

通行人達を手で押しのけて、走り去っていく四人組。誤魔化すこともせずに、同じ方向に。

下手くそか。

流石にそれだけ目立ったら、衆目を集めるのは当然だろう。前後の俺の言葉と合わせて、その四人組がマルコに対して何やらよろしくないことを考えていたことは丸わかりだ。

通行人達が、ざわつき始める。

「あっ？　領主様んとこの坊っちゃんをつけてた奴がいたのか！」

「あの四人組だってさ！」

「衛兵呼べ！　衛兵！」

「おらっ、待てやこらー！」

バラバラに逃げればいいものを、揃って同じ方向に駆けだしたために街の人達の声でどこに行ったかすぐに分かる。

血気盛んな肉体派の通行人や、冒険者達があとを追って駆け出す。

正直、荒くれ者にしか見えないような人達まで。

なんの職業の人達か分からないけど、鍛え込まれた身体を見せびらかすように上半身裸で膝上のパンツをはち切れさせんばかりに纏っていることから、そういった人達なのだろう。

たぶんあの人達は正義感からというよりも、この状況を楽しんでいるっぽいな。

「懐に、ナイフ隠し持ってるから気を付けてね！」

「おうっ！　必ず捕まえてやるから待っててくださいよ！」

「怪しい連中は？」

「あっ、衛兵さん！　今、あっちに向かいました！　冒険者の人達が追いかけてます！」

「はっ、ご協力感謝いたします！」

そして駆け付けて来た衛兵さんも、冒険者達や怪しいマッチョ集団と一緒になって、本当の怪しい人達が向かった方に走って行く。

「申し訳ありません、てっきりお坊ちゃまは気付いてないかと思ってまして」

「良いよ、僕が気付いたのはたまたまだし」

トーマスは今日は裏路地を避けて、このまま大通りを通って迂回して冒険者ギルドに向かうよう提案するつもりだったらしい。

一人でもなんとかなるとは思っていたらしいが、本当だろうか？

怪しいと思ってしまうのは、普段の彼の言動のせいでもある。

ちなみに、四人の後ろを付いて来ていた二人は、他人のふりをしつつ遠くからこっちを窺い見ているのが分かる。

身体に精神を戻すと、俯瞰の視点が使えないのが不便だけど……他の方法があるしね。

そっと右手で蜂と蝶を数匹呼び出して、二人組に付ける。

マルコが巣ごと送り込んできて俺の配下になった虫達。俺の指示に絶対服従で、なおかつ強化済み。

異世界の蟻や蜂だから、もしかしたらそもそもが強い毒とか持ってるかもしれなかったけど。

というか、事実持っていたけど。

それに加えていろいろと強化してあるのだから、普通の人に太刀打ちできることはないだろう。

「取りあえず、冒険者ギルドに行くねー！」

「わかりやしたー！　先に行った連中に伝えときます」

大声で叫ぶと、遠くから声が聞こえて来た。

これで大丈夫だろう。

「じゃあトーマスの当初の予定通り、大通りを通って行こうか」

「そうですね」

あえて危険な橋を渡る必要はない。

言っても、マルコの身体はまだ六歳。大人相手に、何ができるというわけでもない。

いくら熟練の冒険者達に訓練を付けてもらっているとはいえ、身体も年相応。技術は、同年代の子達より頭ひとつ分くらい抜きん出たくらいだ。

再度管理者の空間に戻ってマルコと交代する。

マルコとトーマスがいつもと違い、大通りを使って移動したため二人組は尾行を諦めて裏路地に入っていった。

二人組の身なりの良い男達は、裏路地で待ち伏せをしていた三人に何やら話をしていた。

その表情がかなり苛立っているところを見ると、やはりマルコに何かしらの危害を加えるつもりだったのだろう。

取りあえず、蜂に全員の瞼の上を刺しておいてもらう。しばらく、腫れ上がった瞼で過ごせばいい。

裏路地から男達の悲鳴が聞こえたが、特に誰も気にすることなく大通りは次第に落ち着きを取り戻していった。

＊＊＊

どうやら、ただの人攫いだったらしい。

逃げた四人組のうち、二人を捕まえた衛兵さんの話だ。

領主の息子である俺を攫って、両親から金を巻き上げるつもりだったと自白したとのことだ。

うちの街の衛兵さんってば、割と優秀。まあ、これで少しは大人しくしてくれるだろうとのこと。

うん、普通だったらそう思うところだけどね。金を持ってそうな二人組がいなければ。

さらに、マルコの行動をしっかりと下調べして、人気のないところに伏兵まで用意していたのだ。

ただの人さらいとは思えない。

いろいろな前後関係があるのは間違いないだろうが、それをマルコの口から言っていいものかどうだか。余計なことに口を突っ込まずに、ここは本職の人達に任せておくのがベストだろう。

「しばらく、外出を禁止します」

そして事件。

俺が人攫いに狙われたことが、マリアにバレた。

無事で良かったと、泣きながら抱きしめられた時はちょっとびっくりした。

だって、事前に気付いてたし。一切の被害を受ける前に、防ぐことができたのに。

息子を目の前にして、話を聞いただけでこの取り乱しっぷり。

マルコが愛されてるという実感を感じるとともに、事前に防いだにもかかわらず完全外出禁止という行き過ぎた親の愛に、少しばかりそら寒いものを感じる。でも、それもこの世界では仕方がないことだった。

まず、医療が魔法と薬草任せのため、未知の病気等で死ぬ子供がかなり多い。

病気に対して原因の追究よりも、対応できるように治癒の魔法の改良や新たな薬草の調合を試みる。その草のどの成分が、どういった病気に効くかなどといった研究はあまり進んでいない。

漠然とこの症状にはこの薬草とこの治療魔法といった感じで、組み合わせを過去の実績から判断していくのみ。新しい病気に対する対応は、運任せな部分も大きい。

だからこの世界ではお金持ちの貴族の子供ですら、病気に掛かって死ぬ時は死ぬ。

ただ、そういったものを専門で研究している機関を持つ国もあるにはある。

情報は国を渡る商人達や貴族が、お互いの国を訪問した時に伝えられる。

その国で、現状ある病気に対するより効果的な治療法が見つかっただの、新しい病気に対する治療法が発見されたという情報だ。

それから国として新たな治療方法の裏付けと買取りの打診が行われ、取引の流れとなる。

あと、子供が死ぬのは何も病気だけではない。特に貴族の子供ともなれば、政治的に狙われることも多い。

貴族は基本的に国王の下につく家臣だが、その中で派閥はある。同じ国の貴族といっても、一枚岩ではないのだ。

優秀な子供は対抗勢力や、他の派閥の貴族から狙われることもある。

それだけならともかく、同じ派閥の貴族からも狙われるような事態もあったらしい。

実際にこの国でも、ある男爵家に優秀過ぎる子供が生まれた。

男爵家が所属する派閥の最上位に位置する侯爵がこの子供を大層気に入り、養子の話を持ち掛けた。

たったこれだけのことで、同じ派閥の子爵にその子は命を狙われたらしい。

そんな世界だからこそ、子供が大人になるまで親は気が抜けないのだ。

それはそれとしてだ……危険を未然に防いだのに外出禁止はあんまりだ。

過保護な親のせいで、伸び盛りの幼少期を無駄に過ごすわけにはいかない。

残念ながらマリアの取り乱しようを見る限り、しばらくはギルドでの訓練は受けられそうにないということで……

「父上、私に剣を教えてください」

「ほうっ……マルコはもう剣に興味を持つ年頃か」

今俺はマルコの中に戻っている。ここにいるのは完全なる俺。

そして、父親が俺の言葉に嬉しそうに頷く。

年相応なマルコの精神と違って、俺からしたらマイケルは育ての親。

マルコは実父として慕っているが、俺はせいぜい保護者くらいにしか思っていない。

何が言いたいかと言うと、

「なっ！」

「流石父上です！　私の剣を容易く防ぐなんて！　これでも、素振りは結構繰り返してきたんですけど」

カブトの持つ身体強化を借りて、全力で一度打ち込んだだけだ。そこは大人と子供。

それに、マイケルも騎士として訓練を受けてきただけのことはある。

俺の剣を、容易く受け止める。だが、受け止めただけだ。

手に残る痺れの感触を確かめるかのように、自分の手をジッと見つめ開いたり閉じたりしている。

そう、俺の持つ能力を使って、剣の才能を認めさせ外から優秀な教師を雇ってもらえるようにした。

そのために、マイケルには負けてもらわないと困る。

マルコだけなら、まず勝てることはない。

従属した虫達の能力を、十全に使いこなせるだけの思考能力はまだない。なんせ、俺が離れてしまったマルコはただの六歳児相当の子供なのだ。

だが、俺ならば配下の虫達の能力を有効的に使うことができる。それを使って、父親をどうにか打ち負かせないかと考えていた。

結論……所詮子供の身体。そして、相手は元騎士。

いくら俺が現代日本で大学まで出て社会経験を積んだとはいえ、武術に関してはギルドで学んだ程度。勝てる道理はなかった。

なかったが……これは酷い。

「あなた！　なんてことをするんですか！」

「す……すまん！」

おでこを真っ赤に腫らして、地面に横たわる子供。

俺だ。

ビクンビクンと痙攣している。非常に危険な状態。

管理者の空間に送り込んだマルコから、「僕の身体……」という呟きが聞こえる。

俺の身体でもあるのだが？

いや、ここは素直にすまなかったと言うべきだろう。

まさか、刺客より先に父親に殺されかけるとは。というかとんだ計算違いだ。

こんなちょいメタボな体形の父親が、強化された肉体と動体視力をもってしても捉えきれない鋭い一撃を放つとは。

スキルと魔法のある世界をなめてた。

「だが……手加減などできる余裕が――「そんなわけないでしょう！　マルコはまだ六歳ですよ！」

マイケルの言い訳より先に、マリアの怒号が響き渡る。

子供相手に何をしてんだ。そこは、手加減しろよと声を大にして言いたい。

マリアが言っていることが、正しい。素直に反省してもらいたいものだ。

「もう、貴方には任せられません！　ちゃんとした先生を雇いましょう！」

結果オーライ、と言って良いものだろうか？

優秀な先生を付けてもらいたかったので、目標は達成したのだが。

最初から素直に、マイケルに師事しておけば良かったと思わないでもない。


動かない身体で、どうにか薄っすらと目を開けて周りの様子を見る。

視線の先には、愛するマリアに本気で怒られ、意気消沈のマイケル……ということは全くなかった。

「しかし……うちの子は天才かもしれん」

「あなた！」

「本気で手加減ができないくらいに、筋が良すぎたのだ。これは将来……いや、あと三年もすれば俺を超えられるかもしれない」

予想外の実力を見せたがために、マイケルは親馬鹿を拗らせていた。

他に言うことがあるだろう。

「神童とは、この子のことかも」

そうじゃない。

「いい加減にしてください！　早くお医者様を！」

「これは、来年には王国騎士団の入団試験を受けさせるべきか？」

マリアの叱咤が耳に入らないレベルで寝言をほざくマイケル。

この父親は、いろいろと駄目な親父かもしれない。

いや、そもそも来年騎士団の入団試験を受けたところで合格はまず無理だろう。

入団資格が一四歳からだし……

5　虫達の実力

俺の管理者としてのレベルも17になってポイントと物の交換もできるようになった。といっても、素材になりそうなものはマルコでも手に入るものが多かったのでちょっとガッカリ。

レベルが上がれば、選べるものも増えるらしい。

住人の大半が虫達ばかりなので空間内に作った林だが、神殿から遠すぎて誰も移動しようとしなかった。

せっかく作ったのだから、あそこに住んだらどうかと皆に打診してみたが。

それは命令ですか？　と悲しそうな瞳で訴えかけられたら、ついお前らが良ければだと付け加えてしまった。

仕方がないので、神殿の周りに植えた街路樹の周辺に芝生を敷き詰めたが。虫達がそこで好き勝手に暮らしているのを見たら、楽しそうだしまあ良いかと思ったり。

そして何かと神殿にいることが多いのがカブト。

最初にこの空間に呼ばれた存在だから、側近のような感覚でいるのかもしれない。

違った。俺の護衛のつもりらしい。強そうだけどそれはあくまで虫としてであって、動物と比べるとそんなに強そうじゃないけど。

微笑ましいものを見るようにカブトを見つめていたら、彼のプライドを刺激してしまったのだろう。

外に連れ出される。

そして見せつけられるカブトのタックル。木に角が突き刺さっている。

それもそうか。よく考えたら鉄なみに硬いんだった。

しかも角の先を任意で尖らせることができるとか。とても便利な能力だ。

いつもそばにいるカブトが、ここでもくつろげるようにと考える。

そして水槽のようなものも用意して、そこに土やら木を入れてカブトを入れてみた。凄く喜んでいるのが分かる。

他の虫達が羨ましそうにしてたので、全員分用意した。神殿に似合わないので、神殿の横に小屋を用意してそこに置く。

うん……またも神殿の周りに植えた芝生が無駄になった。

悲しい。

空気を読んだのか、カブトが昼間は神殿の周りの木に止まって樹液を吸うことが増えた。

ああ、一応二四時間、三六〇日、地上と同じように昼夜が訪れ、季節も巡る。

でも、神殿内は常に快適温度だけどね。

ちなみにこの世界は一年が一二ヶ月三六〇日、一ヶ月が三〇日で統一されていた。

そういえば、カブト虫って夜行性じゃなかったっけ？

夜だと俺から見えない？　昼なら、見えるから？
そこまで、気を使わせてしまって申し訳ない。
なんとなく、虫達の瞳を見てると思っていることが分かる。
俺が成長したのか、この世界の虫達が優秀なのか。呼べばすぐに来てくれるし。
カブトだが、すでに二〇センチくらいまで育っている。いや、改良済み？
鉄をさらに合成して、その上鉄蜘蛛に作らせた鉄の糸も合成してみた。
糸を吐いたりはしないが、スキルを覚えた。虫なのに。
そんなカブトの今はというと、鉄の槍甲虫《アイアンランスビートル》という種族になったらしい。
使えるスキルは、
【鉄の盾《アイアン・シールド》】
【鉄の槍《アイアン・ランス》】
の二つ。
なんの捻りもなかった。

自分がうまく使えないこともあって、現在スキルというのものにあまり馴染みがない。

マルコの父親のマイケルやトーマスもスキルを持っているらしい。

スキルというからには技術らしいが、特殊な事象を起こす地球での常識を超えた技術らしい。

例えば、カブトの鉄の盾《アイアン・シールド》。

別に鉄の盾《アイアン・シールド》をカブトが持っているわけではない。カブトがスキルを使うと、半球状の半透明なのに銀色の光を放つ不思議な物が前に現れる。

木の棒で叩くとカーンという甲高い音がする。一定時間が経過すると消えたが。

精神力を消費するらしく、長時間使うと精神的に疲れると……精神的に疲れるのか。

どういった感じの疲れなのか、気にならなくもないが。

鉄の槍《アイアン・ランス》は、文字通り身体の前に槍を作り出して撃ち飛ばすスキルだった。

威力は申し分ない。


カマキリのラダマンティスにも鉄は食わせて《合成して》いる。結果として、彼の鎌は凶悪なものになっていた。

触れるものみな、傷つけそうな……失礼な、そんなことは致しませんと言われた気がする。

カマキリが手に入れたスキルはというと【鉄の鎌《アイアン・サイズ》】。

彼の場合は巨大な鎌の一振りが発動する。ただ、彼の手についている鎌も鉄なみに硬いのだが。


そして新しく来た蚕の幼虫には布を食わせてみた。

自分の糸で絹織物が作り出せるようになってた。

便利。だから、白いローブはやめて新たに服を作り出してもらった。

白いシャツと、白いパンツ。うん、ジジシャツと股引みたいでさらにビジュアルが悪化。

ああ、お前が気にすることはない。

色まで考えてなかった俺が悪いんだから。だから、へこまなくてもいいぞ。

これは染料になる石や植物を合成することで解消できたから、今は普通の染色された絹織物が作り出せるようになっている。

糸の色自体が変わるらしく、洗っても色落ちしない。

汚れないから、洗わないけど。


うん、もう良いよね？　スキルについての説明は。

読んで字のごとくの効果しかないし。

スキル名も【鉄の糸《アイアン・ライン》】とか、【絹織物《シルク・クロス》】とかだし。

そんな感じで、素材と虫の特性にあったスキルが合成で得られることがあるらしい。

失敗しても、スキルが付かないだけでビジュアルが変わったりするから楽しい。

虫は、大量にいるし。

蜂、蟻、蛾、蝶、百足、蠅、蛞蝓《なめくじ》……なんでも捕まえれば良いってもんじゃないぞ、マルコな俺？

蠅とか蛞蝓は鬱陶しいからとかって理由で送り込んだんじゃないよな？　まあ、良いけど。

ちなみに蜂と蟻は巣ごと吸収してたから、いきなり蜂や蟻の大群が俺の目の前で整列してて焦った。

綺麗な整列で、英国の衛兵みたいだけど……太鼓や旗を合成したらマーチングとかできるようになるかな？

まあ、役に立たないしどうでも良いか。

しかし、しばらくしてそんな微妙な改造に変革をもたらす時が。

現在、下の世界はすでに夜。それに合わせて管理者の空間も、日が落ちて神殿の周りは真っ暗だ。

空には星が瞬いている。

下の世界で見た夜空も綺麗だったが、管理者の空間で見る星空もまた格別だ。

そんな夜更けに管理者の空間の神殿で、目の前に並べられた魔獣からはぎ取られた素材の数々。

「おお、なかなかこれは……」

マルコが回収して送ってくれたそれを見て、思わずニヤけてしまう。

今まで手に入る素材の都合で滞っていた配下の虫達の改造だが、意外なところで解決策が見つかった。

マルコの戦闘力や経済力では、高価な魔物の素材や鉱物、植物などは手に入れることができなかった。そして、管理者レベル１７で交換できる物もそれと大差ない現状に、虫の強化も停滞気味だった。

そんな中この間マルコを狙った連中に対して、蜂が割とあっさりと攻撃を加えたことで少し思うところがあったのだ。

少なくとも、あの場にいた二人に関してはそこそこの手練れだったと思う。

が、反応すら許さずに蜂の一刺しが、狙いすました瞼を直撃。

そして思った……

あれ？　もしかして……こいつら強くね？

で実験がてら、カブトとラダマンティス、鉄を操るけど土蜘蛛と名付けた蜘蛛を近場の森に向かわせてみた。

もしかしなくても、こいつら強かった。

結論……メイン武装が鉄の規格外のサイズの虫達は強いことが良く分かった。

こっちの世界の森で一般的に見られる角を生やした兎——ホーンラビットと呼ばれる魔物や、見た目は普通の狼といった印象の魔獣のフォレストウルフ、それからファンタジーの定番のゴブリンも狩っていた。

というかゴブリンいたよ、ゴブリン、やっぱりいた。

いっつも思うけど、亜人じゃないのかなと思わないでもない。

でもどこも大体の分類上は魔物扱い。亜人型の魔物とでも呼ぶべきか？

まあ、普通の動物に対して魔物の動物である魔獣、普通の虫に対して魔物の虫である魔虫がいるように、人型の魔物がいるのは当然か。

だからといってゴブリンを魔人と呼ぶと、流石に……

ゴブリンの見た目はやっぱり、緑色の小さな角の生えた醜悪な面の小柄の人型。

知性は低く、乱暴で粗野。

人に襲い掛かってくるわけだし、やっぱり魔物で駆逐対象で問題ないだろう。

人型というだけで殺すことに多少の忌避感もあるが、そこは割り切るしかないか。

ほぼ被害を受けることなくそういった魔物達を簡単に狩ることができる虫達に、こいつら俺よりも強いだろうという複雑な思いが。

もしかしなくても、フォレストウルフの群れとか俺には到底太刀打ちできそうにない。

蟻や蜂達は数の暴力で狩っているが、カブトと土蜘蛛とラダマンティスは違う。

あいつら、やっぱおかしい。

牙や爪をものともしない装甲と、カブト虫特有の剛力。そして鋭い角やスキルを駆使してサクサクと魔物を狩っていく姿はとても頼もしい。

土蜘蛛やラダマンティスも似たようなものだ。

土蜘蛛は糸を使った変則的な戦い方が得意なようだ。実際に足による刺突も凶悪だが、鉄の糸で細切れにしていく姿は戦慄すら覚える。

ラダマンティスはスピードタイプっぽい。目にも止まらぬ速さで鎌を振るって、敵を切り刻んでいく。

それぞれが一騎当千の働き。

途中からこの三匹がメインで狩っていくことになっていった。

そして同行させた蜂の群れが、その素材を持ち帰ってくる。

解体は蟻達が行っている。

小さめの身体と顎で、それぞれを必要な素材に切り分けていく。

そうして集めた素材を、虫達に食わせてさらに戦力を強化することに成功。

大量にあったホーンラビットの角を一部の虫達に食わせた。カブトはもともと生えていた角が、さらに太く長く伸びた。

うん、カッコイイ。

カブトが誇らしげに俺の前で、角を持ち上げてポーズを決めている。

どうやら、褒めてもらいたいらしい。

大きく力強くなったカブトの頭を撫でてやる。

肌触りの良い光沢のある硬質の身体。スベスベしてて、ひんやりしててなかなかこれは、思わずペタリと引っ付いてしまうほどに。

他の虫達は特に大きな恩恵は得られなかったようで残念。

角の生えた蜘蛛とか、角の生えたカマキリとかいろいろと楽しみにしていたのだが。

まあ、必要かどうかでいえば疑問ではあるが。

単純に合成するだけでいけば、やはり対象と素材の相性があるようだ。

羽の無い者に、羽を合成しても飛べないように。

飛べないよね？

とはいえ、角を合成したほぼほぼ全ての虫達の顎が硬くなっているところを見ると、一応は何かしらの効果があったようで一安心。

ただ効果の薄い組み合わせなら無理に合成しても素材の無駄遣いになってしまうし、売ってお金にした方がマシかもな。

以降、いずれ来る独り立ちの時にギルドに売って多少は当座の資金にできるように、合成としての効果が期待できない素材は管理者の空間に作った倉庫に保管している。

次にフォレストウルフの牙だが、これは土蜘蛛をはじめラダマンティスや百足、蜂、蟻に効果があった。

皆の顎がホーンラビットの角を合成した時よりもはるかに頑丈で、凶悪な顎へと変化していた。どのくらいかというと、細い木なら簡単に噛み切れるくらいには強化されている。

うっかり指を噛まれたら、あっさりと落ちてしまいそうだ。

それにしても、本当にうちの虫達は優秀だ。

蟻や蜂達は集団で配下に加わった。そして行動するときは群れ単位で行動しているし、何よりコンビネーションが普通のそれよりも遥かに素晴らしい。

普通ならこの凶悪な集団に襲われたら、骨も残らないだろう。なんせ小さな蟻や蜂達が、小さな顎でガシガシやっていくのだから。

でも、うちの子達はちゃんと素材になりそうなものは残してくれる。

どうやって判断しているのかその知識はどこからきているのか分からないが、必要なものだけ残してくれるうちの子達は本当に優秀なのだ。

ゴブリンからは、拾ったであろう武器や防具が回収できた。とはいえ、値打ち物は無い。

純粋に鉄や銅といった鉱物としての合成素材としてしか、今のところ役に立っていない。

彼等はそれらの武器を、いったいどうやって調達したものか。

考えるだけ無駄だろうが、粗悪品が多いということはそういうことだろう。

ゴブリンにやられる冒険者っていうのも、あまりイメージが湧かない。

きっと他の魔物に殺されたり、なんらかの理由でそこで朽ちることになった初級冒険者の遺体から奪ったのだろう。

そうそう、特に言ってなかったがスライムもいたし、狩ったスライムはイメージ的には蛞蝓に合いそうだと思い合成してみた。

結果は……蛞蝓がスライムになっただけだった。

弱点が塩のスライム。うん、本当に生産性のない実験結果だった。

いや、スライム型の蛞蝓と言った方が良いのか？　ベースは蛞蝓だし。

身体の形が自在に変えられて、消化能力もスピードもあがったことを考えたら素晴らしい進歩だ。

でも……これだったら、最初からスライムを吸収して配下にした方が……

言わない。あんなに喜んでいる蛞蝓達を前に、そんな言葉を口にすることなんてできない。

流石にそれだけだとあまりに可哀想なので、鉄を食わせたりもしてみた。

鉄と合わさった蛞蝓はぬめりが消えて、ガッチガチの硬質な蛞蝓に変わっただけだ。そしてただでさえ遅い歩みが、さらに遅くなった。

まさか合成した結果が防御が爆上げで、それ以外が壊滅的に劣化するとは。

このメタルな蛞蝓に何か使い道がないか、現在模索中だ。

もしかして倒したら経験値がいっぱい入って、レベルが一気に上がったり？

いや、レベルという概念が管理者のレベル以外ないから、意味は……

管理者のレベル上がったりしないかな？


そういえば、カブトが変わったものを持ってきたこともあった。

「チュチュッ」

今俺の肩に止まっている、元は雀っぽかった鳥。現在の姿は、翼を広げた全長が一メートルを超えそうな大きな怪鳥だ。

元々雛だったのを、カブトが捕まえてきたのだ。

鳥の雛を六本の足でガッチリと掴んで飛んでくる大きなカブトムシ。窓から外を眺めていたマルコが思わずビクッとなってたのは、面白かった。

確かに、結構シュールな絵だったと思う。異世界というよりも、古代的な。

鳥を捕まえるような虫なんて、俺の中ではジュラ紀のイメージだ。

少なくとも中世の世界ではない。

その雛は日中は外で自由に過ごさせて、夜は管理者の空間に呼び戻すようにしていた。

なぜかって？　管理者の空間にいたら成長しないからね。

ずっと雛のままだったら、何の役にも立たない。

気付いたのは、雛を拾ってから二ヶ月くらい経ってからのことだったが、成長した姿は二〇センチくらいの、見るからに雀だった。

一応ストックしてた鉄を食わせたら、嘴と爪が鉄になってた。

で、拾った猛禽類っぽい羽を食わせたら、翼が大きく進化した。

ずんぐりむっくりとした雀の身体に、猛禽類の力強い翼。あれは鷹か何かの羽だったのだろうか？

与えた羽は一枚なのに、翼がまるまる変化するのはこの世界の不思議か、それとも管理者の空間の仕様なのか。

どっちしろ、ビジュアルを選べないっていうのはいろいろと問題だな。

なんてアンバランス。

ちなみに名前はスパロウ。

特に深い意味はない。雀だったからスパロウにしただけだ。

こんな変化をするとは思わなかった。

知ってたら、もう少しカッコいい名前にしたのに。スーパーデラックススパロウＭＫ２みたいな？

冗談だ。

流石にそこまで、俺のセンスは悪くない。悪くないから、引っ掻くのをやめてくれ。

フォレストウルフの爪も与えてあるから、お前の足は割と凶悪だったりもするんだぞ？

そして愛らしい顔と、丸々とした身体……からは、想像もつかない速さで空を飛ぶ。普通に鳥を追いかけまわしたり。

スズメだよな？

しかも、産まれて間もない時からここにいるから他の鳥に襲われたりした経験も……ああ、日中森で放し飼いしてたときに何度か？

このスパロウは虫達より飛行速度も、飛行距離も大きく上回っているので意外と周辺探索に使える。

管理者の空間で虫達がよくスパロウと追いかけっこをしている姿を見かけるようになった。仲が良いみたいで、微笑ましい。

……違った、スパロウが蚕を口に咥えている。

ちょっと待て、空間内は殺生禁止だぞ？

ちょっとだけじゃない。ちょっとも、くそもあるか。

俺の横を凄い速さでカブトが飛びだしていく。

初速がおかしくないか？　いきなり最高速度に到達していたような。

後ろを振り返ると、土蜘蛛の張った糸が振動していた。

あれを使ってスリングの要領で打ち出したのか？　無駄に仲が良いな。

おいカブト、追い抜いてどうする。

急には止まれない？　車みたいなことを言ってないで……

取りあえず、スパロウは咥えていた蚕自身の糸によって、絡めとられていた。


暇に飽かせて管理者の空間でそんな意味があるのかないのか良く分からないことを繰り返しているうちに、管理者のレベルも２０に上がった。

そしてレベルが上がったことで解放された素材の中に、魔石なるものがあった。

割とお高い。

一〇〇〇ポイントで、魔石小が貰える。

でも、横に【無】って書いてあるのが凄く気になる。

説明文を読んでみる。

純粋な魔力が蓄えられた魔石。それ単体で、事象を起こすことはできない。

なるほど。魔石という名に相応しい。

魔法が使えないので、使い道が分からない。無属性の魔石は見たことないかも。

水の魔石や、火の魔石は生活を便利にする大事な資源として使われている。

もしかしたら、あれってこの無属性の魔石に属性のついた魔力を込めたものだったりする？

分からない。

無属性の魔石というか、魔力を吸収して留めるのが魔石と呼ぶもの。でもって、そこに込める魔力によって性質が変化するっぽいな。

無属性の魔石……なんの役に立つのだろうか？　せっかく魔力があるわけだし、合成の素材にしてみるか。

ポイントを支払って一つ貰ってカブトに食わせてみた。

結果としては、魔力が身に付いたくらいだろうか。でも、使える魔法が無いので無意味だった。

今度属性付きのものがあったら、もう一度試してみよう。

管理者の空間内は会話する相手もいないので、最近はもっぱら虫達と交流を図っている。といっても、会話ができるわけじゃないけど。

言葉が喋れないだけで、コミュニケーションは図ることができる。

できるんだけどね。やっぱり会話が無いのは少し寂しい。

いや、お前達が悪いわけじゃないんだ。

会話ができない代わりに、俺の心情を読むことに長けてしまった虫達が多すぎる。

ちょっと寂しそうな表情を浮かべただけなのに、そんな申し訳なさそうにしなくても。

「ボェーーーーー」

突如、カブトが変な音を出したのでびっくり。

「ボエ……ボエー……ボエーーーー」

そしてガックリとうなだれてしまった。どうやら、喋ろうとしてくれていたらしい。

その心意気だけでも、物凄く嬉しいぞ。


お前達、気持ち悪いからやめなさい。

他の虫達が顎を半開きにして、プルプルと頭を痙攣させている。音を出すことができたカブトに触発されたらしい。

蟻達は純粋にカブトに対して、尊敬の眼差しを向けている。それが古参の土蜘蛛とラダマンティスのプライドを刺激したらしい。

ビィーンという音が聞こえてくる。

音の高さが微妙に変わったり、でも言葉にはならないようだ。土蜘蛛が糸を張って、それで音を出せないか試しているらしい。

ラダマンティスは……羽を震わせている。

彼は羽を振動させることで、音を出すことに挑戦しているみたいだ。

それなら私もできますしとっくに試してますと、カブトがブブブという音をいろいろなバリエーションで鳴らし始める。

ラダマンティスのイラっとした気配が伝わってくる。

すぐに気を取り直して、今度は鎌をこすり合わして音を鳴らすことに挑戦。

ギィイイイーンという、耳障りな金属音が……正直、これはちょっと。


「チューン、チュンチュン、ピーヒョロー、ホー！」


そんな中で、木の上で誇らしげに歌声を披露するスパロウ。うん、ほとんどの虫達がイラっとしたのが伝わってきた。

ミミズや蛞蝓達は、はなっから諦めているが、顎のある虫達は、どうにか声が出せないか奮闘している。

いや、できないことをそんな無理に頑張らなくて良いから。少しは俺の相手をしてくれないか？

この空間の虫達は、いろいろと器用だったりする。

絹織物や、織物を作る蚕や蜘蛛を始め、素材の剥ぎ取りから簡単な加工や防腐処理を施すことができる蟻達。蝶や蜂達は花の蜜を集めるだけでなく、食べられるように加工までしてくれる。

それどころか、花畑の管理まで。

森や山だけじゃなくて、お花畑も作ってみた。

蝶や蜂が喜ぶかなって？

蟻や蜘蛛も喜んでいた。というか、虫達の多くが喜んでいた。

まあ喜んでもらえるなら作った甲斐がある。

時には花畑に横になって、楽しそうな虫達を眺めて過ごすのも悪くない。

殺風景だった管理者の空間も、のんびりスローライフを送るには良い環境になってきた。

やっぱりちょっと寂しいけど。

いきなり人を攫ってくるわけにはいかないので、その辺りはじっくりと考えていく必要もあるだろうし。

できれば従属無しで、この世界に移住したいという人がいいな。

でもって、俺を尊重しつつも対等に付き合えるような。流石にそれはわがままか。

時には衝突することがあった方がいいか。


こうやってのんびりするのも悪くないが、時折カブトやラダマンティス達が目の前で力比べを見せてくれる。

いや、刺激が欲しかったら下に降りたら良いだけなんだけど？　それは違うらしい。

この世界で俺が楽しめるように、あれこれと考えるのが彼等にとっても楽しいようだ。

神様に貰った力で配下になったとはいえ、こうやって思いやりをもって自発的に行動してくれることを嬉しく思う。

なかなか力強い戦いで、見ていても楽しい。硬い装甲を頼りに力押しで攻めるカブトに対して、リーチを生かしつつ巧みなフットワークと変則的な動きを生み出す羽を上手に使って翻弄するラダマンティス。

カブトの角をギリギリで躱したと思ったら、カブトの角が伸びる。どうやらスキルを放って間合いをずらしたらしい。

大丈夫か？

ラダマンティスが衝撃で後方に吹き飛ばされていったが。

違った。自ら後ろに跳んだらしい。

そして置き土産とばかりに、両サイドから鎌で斬撃を放っていた。カブトの両サイドに波紋が広がって、それが弾かれる。

鉄の盾《アイアン・シールド》？

スキルを二匹とも上手く使いこなしている。羨ましいし、楽しそうだ。

どっちも一生懸命で、見ていてこっちまで熱くなってくる。

だからついうっかりとどっちかを応援したりしようものなら、もう片方が思いっきり拗ねる。

それはもう分かりやすいくらいに。

戦闘中にもかかわらずフラフラと飛んでいって木のうろに籠ってしまうカブト。

ヨタヨタと歩き去って、木に八つ当たりするように鎌をぶつけるラダマンティス。

虫達も個性があって、可愛いもんだ。だから見ている時に掛ける言葉は、どっちも頑張れだけ。

まあ、どっちも同じくらい好きだから間違いじゃないけど。


おっと、思い出に浸っていたら夜が明けたらしい。

外が明るくなってきた。

そろそろ、マルコも起きる時間かな？

6　祖父スレイズ・フォン・ベルモント

ある日のことだ。

食堂で一家の団欒のひと時。ただ、今日はいつもと少し違う。

本来なら領主で家長でもあるマイケルが座るはずの、入口に対して正面にある最奥の椅子。

そこに座っているのはマイケルではなく、白髪が混じり始めた髭を蓄えた男性。眼光は鋭く、お年を召してなお鍛え込まれた身体が服の上からでも分かる。

一等上等な服を身に纏い、威厳のある現役の軍人を彷彿させるキリッと締まった顔。

その右どなりにマイケル。

そしてマイケルの正面、老人の左どなりには品の良さそうな髪の長い高齢の女性。背筋はピンと伸びていて、とても若々しい。

マルコはマイケルの隣に座っていて、初老の女性の隣にマリアが座っている。

そして珍しくマルコが緊張している。

それもそのはず、いまマルコの目の前にいるのは、彼の天敵ともいえる存在。

「息災であったか」

「はい、おじい様もおばあ様もおかわりのない様子で、安心致しました」

「それは良かった」

「……」

訪れる沈黙。

マルコが苦手な理由その1

恐ろしく会話が続かない。

「チッ！」

そして、時折忌々しそうな表情で漏らす舌打ち。

傷だらけの強面と相まって、非常に怖い。その音を聞くだけで、思わずすくみあがってしまう。

マルコが苦手な理由その2

顔が怖い。

もう一度男性をよく見る。

右のこめかみから、顎の下まではしる深い斬り傷。額を真一文字に流れる斬り傷、そして左の眉の上から鼻の横まで伸びる斬り傷。

それ以外にも細かな傷がたくさんあり、元々の顔の造形が分からない。

皺の刻まれた顔にあって、歴戦の戦士だったことを物語っている。

そして鋭い眼光が、マルコを捉えて離さない。

マルコが苦手な理由その3

雰囲気が怖い。

子供を怖がらせるには十分過ぎる素養を持った祖父だった。

マイケルの父親にあたる人なので歳は六〇手前といったところだろうか。

ただ老人とは思えぬほど鍛え込まれた体躯と強面のせいで、黙っているとそれだけで周囲を威圧しているように感じる。

男の名は、スレイズ・フォン・ベルモント。

曰く、千人斬り《ザ・グリム・リーパー》のベルモント。

笑う疵顔の悪魔《スカー・デビル》。

死を告げる騎士《エンド・オブ・ウォー》。

敵国の兵士からは様々な通り名で呼ばれる猛者だ。

事実彼が出陣した三回の戦争で斬った敵兵は、千では足りないだろう。

その功績をもって、元々男爵家に過ぎなかったベルモントを子爵にまで陞爵《しょうしゃく》させたのだ。

陞爵というのは、並大抵の功績でできるものではない。戦功だけで陞爵できるというのは、どの時代においても稀有な出来事であった。

彼の武功の中の敵軍の中で孤立した当時の国王の従弟にあたる、エインズワース公含む一個大隊救出という功績が決定的となった。

本人曰く、敵の士気が高く盛り上がっているところに突っ込んだら、王様の従弟がいたというだけのことらしい。

無論単騎での救出劇というわけではないが、彼は自身の率いる騎士中隊の先陣を切って敵軍の中に突っ込み、さながら雲を切り裂く稲妻の如く公爵の部隊の退路を切り開いたとのこと。すぐに向きを変えて再度突撃をかけようとしたら、部下と自身の間に違う部隊が入り込んでいるのを見て態勢の立て直しを図るためにそのまま自軍へと一旦戻った。

それに続いた公爵軍が無事に、本陣へと戻れたことが最大の功績となった。

一回りも年下の従弟を国王自身可愛がっていたこともあり、一時顔を青くした王がしばらくしてもたらされた救出劇の報告に、戦時中にもかかわらず思わず立ち上がって「でかした！」と叫んだのは、その後この戦いを元に作られた演劇の演目の最後を飾る名台詞となっている。

さて、そんなスレイズがなぜ自分の領地があるベルモントの家に住んでいないのかというと、彼は現在国王のお膝元である王都住まいだからである。

彼は若くして自身の息子に爵位を譲ったのち、別邸のある王都に移り住み現在王城勤めだからだ。これは先代国王の願いでもあり、彼自身の地位は騎士侯となっている。

準男爵相当の一代限りの騎士爵ではなく、一代限りの侯爵相当の地位として先代国王が特別に用意したポストである。

彼の主な仕事は先代国王の護衛であるが、救出されたエインズワース公の憧れの騎士となったこともあり、それ以外にも王族の剣術指南役と騎乗戦闘指南役としても活動している。

その彼が忙しい合間に暇を貰ってここに戻って来たのは、マルコの弟であるテトラの誕生を祝ってのことであった。

「マリアさんも、よく頑張った。二人も男児を産むとは、ベルモント家も安泰だな」

「有難うございます。テトラもコロコロしてて可愛いでしょう？」

「う……うむ」

この強面の義父に対して物怖じしない母に、尊敬の眼差しをマルコが送っている。

満面の笑みでテトラの顔が良く見えるようにと抱き直すマリアに対して、スレイズは片方の眉をあげて応える。

少しだけ気圧されているように感じるのは、気のせいか。

「そう思うなら、少しは笑えば良いのに」

「まったくだ」

マルコに向けていた鋭い眼差しをそのままテトラに向けたスレイズに対して、彼の妻であるエリーゼが溜息を吐く。そして、母の言葉に同意を示すマイケル。

「父上はただでさえ顔が怖いのだ、マルコも緊張して固まっていますよ？」

「そんなことはない！」

マイケルの言葉に、スレイズが不機嫌な様子で答える。

本人にとっては普通の返事であり、付き合いの長いエリーゼとマイケルであれば気にすることではないのだが、横で見ているマルコがやきもきするのも仕方ない。

父親であるマイケルに対して、なんでおじいさまを刺激するようなことを僕を引き合いに出して言うんだよといった、若干恨みがましい視線まで送っている。

そんなマルコに対して、顎鬚をさすりながらスレイズが首を傾げる。

視線を感じているはずだが、マルコはあえてそちらを向かないようにしているのが強張った表情からも伝わってくる。

「マルコは、わしの顔が怖いと思うか？」

「いえ、そのようなことはありません」

唐突な問いかけに消え入りそうな声で入り、思い直し声を大きくしたあと尻すぼみになるマルコ。自分とは思えないほどに、嘘が下手である。

それ以前に不機嫌そうに睨み付けながらそんな問いかけをされたら、否定する以外に答えようがない。

はい！　まるで山賊の頭みたいで、物凄く怖いです。なんて答えようものなら確実にスレイズはショックを受けてしまうだろう。

本当は顔と雰囲気が怖いだけの、普通のおじいちゃんなのだ。

それは、客観的に彼のこれまでの行動を見ていた俺にはよく分かる。

マルコには教えないし、教えても信じないことは分かっているので何も言わないが。

「そうであろう！　ほら見たことか！」

そんなことに気付いた様子もなく、スレイズがフンッと鼻を鳴らす。

本当に一歩引いた視点で見ている俺からすれば、素直じゃないだけでこの人は別に悪い人ではない。

信じてもらえないだろうということもあるし、実際には面白いからマルコに伝えていないが、時折放つ「チッ！」という舌打ちも、マルコと話をしたいが上手く言葉が出ず、さらに出掛かった言葉が舌打ちになっているだけのことなのは見ていてもなんとなく分かる。

今も不機嫌そうにフンッと鼻を鳴らしたようにしか見えない彼の行動は、本人にとってはフッと柔らかい笑みを浮かべたつもりなのだ。

全然そうは見えないが。何かと下手くそな御仁なのだ。

そんな一部戦々恐々とした息子のお披露目会だったが、母マリアが思わぬ爆弾を落とす。

「そういえば、最近マルコは剣の特訓を始めて先生にも筋が良いと褒めていただいているのですよ！」

「なんと！」

その母の言葉に、スレイズがここにきて初めて笑みを浮かべている。口の端をニイッと上げた様は、傷に引き攣られてか凶悪なものに見える。

「ヒッ！」

思わずマルコが小さな声で悲鳴をあげてしまったのが分かるくらいに怖い。彼にとってただの笑顔が、周囲には獲物を見つけた獰猛な獣にしか見えない。

ジロリと睨まれたマルコが、引き攣った笑みを浮かべて取り繕う。

と同時にマリアに対して、お母様も余計なことを言わないでくださいと、涙目で縋るような視線を送っている。

「ならば千人斬り《ザ・グリム・リーパー》のベルモントと呼ばれたわしが、マルコの剣を見てやろう！　マルコは知らないと思うが、これでも国王陛下が幼い頃に何度か教えたこともあるのだぞ？」

そんなマルコの心情などつゆ知らず自分の得意分野の話となったことで、途端に饒舌になる祖父。

分かりやすい男である。

そしてシレっと孫に対して自慢を挟むあたり、どうにか孫との距離を詰めて仲良くなりたい、尊敬されたいという可愛らしい思惑がにじみ出てて傍から見る分には微笑ましい。

「こ……光栄です、おじい様」

当人は、怯えているが。どうにか苦笑いとはいえ、笑えたことは褒めてあげても良いだろう。

「あなた？」

だが、そんな上機嫌な祖父を「あなた？」の一言だけでおとなしくさせる猛獣使いがこの場にはいた。

そう、祖母であるエリーゼだ。

「むっ？」

「今日の主役は、テトラですよ？　もっとテトラにかまってやってください」

「ぬう……」

もっともな意見に、ぐうの音も出ない様子。代わりに、ぬうという唸り声は出ていたが。

「申し訳ありませんお義母様、私がマルコの自慢をしてしまったばかりに」

「いえいえ、貴女のせいじゃありませんよ？　この人ったら、マルコに会うのをとても楽しみにしてたから、出かける前にも注意したばかりなのに……」

やはり、時代が時代なだけに長男が重宝されるのだろう。スレイズが跡取りであるマルコを特別視しているのは、傍目にも分かる。

やもすれば、もはや息子であるマイケルなどどうでも良いとばかりに、視線は常にマルコをロックオンしていた。

分かりにくい上に当事者には迷惑極まりない、ツン要素満載な孫馬鹿なのだ。その視線はまるで次期当主に相応しいかどうか、値踏みされているのだと当人が感じるほどに。

値踏みというか孫の成長をじっくりと観察して、喜びを噛み締めているだけに過ぎないのだが。

しかしまあこの男の場合デレたらデレたで猛獣じみた笑みを浮かべるだけという、なんとも嬉しくない相手ではあるが。

「わ……私も、是非おじい様に一度見てもらえると、嬉しいかなと……ははは」

「あら、マルコも無理しなくても良いのよ？」

「無理などしておらぬ！」

なぜあんたが答える？　周囲の目がそう物語っていたが、スレイズは腕を組んで誇らしげに鼻息荒く勝ち誇った視線を妻に送り……凍り付く。

微笑をたたえた妻の目に、光が無かったからだ。

流石に調子に乗り過ぎた……思わずスレイズが、王都に戻ってからの説教を想像し視線を逸らす。調子に乗るほど、口を開いていないのだが。

流石にこのままでは可哀想かと思い、俺もマルコの元に戻って助け船を出すことにする。

「そうですね。今日はテトラのための日ですから、私の剣の話は明日にしましょうか」

「そ……そうじゃな」

「今日はテトラを可愛がってやってください。その代わりおじい様、明日は私のために時間を作ってくださいね？　約束ですよ？」

「う！　うむ！」

俺の言葉に、パッと顔を輝かせる祖父……チョロい。

祖父を庇ったことで、エリーゼが驚いた表情で俺を見る。困ったような笑みを浮かべてそれに応えると、エリーゼがスレイズに一度視線を戻したあと溜息を吐く。

「まったく……マルコの方がよほど大人じゃないですか」

男というのは、いつまでたっても大人になりきれないものである。

「それじゃあ、マリア！　ほら、父上にテトラを抱かせてやってくれないか？」

「はいっ！」

それまで空気だったマイケルがマリアに促すと、彼女はその腕に抱いたテトラをスレイズへと預ける。

恐る恐るといった様子で受け取ったスレイズが、節くれだった指で優しくテトラの頬を突く。

そして本人にとってはフッと相好を崩した表情を浮かべる。

鼻から出たのはフンッという強い鼻息で、それをもろに顔面で受け止めたテトラが迷惑そうに顔を避ける。

そして目を開けて、しっかりと自分を抱いている人物を確認する。

「ふむっ、マルコの生まれた時に似て可愛いではないか」

どうやら、ようやくまともにテトラの顔を見たらしい。若干猿から人へと進化しているが、まだまだサル顔だ。可愛いけど。

スレイズを視界に捉えた瞬間からその愛くるしい顔は固まったままだったが、しわがれたドスの利いた声で話しかけられた直後テトラの顔が怯えたように歪んでいく。

それからキョロキョロと何かを探すように視線を漂わせ、マリアの顔を見て止まる。

その後再度スレイズに目を向けたテトラの目が潤む。

くしゃりと歪んだ顔、そして瞳から大粒の涙が溢れている。

「うう……ううう……うわぁーー」

そして厳格な祖父は、抱いた瞬間に盛大に泣かれて凹んでいた。

＊＊＊

次の日の早朝、家族達が見守る中で木剣を握りしめてスレイズと対峙する。特に気負った様子もなく自然体のスレイズだったが、全くもって隙がない。

「では、どこからでも掛かってくるが良い」

「はいっ！」

スレイズの言葉を受けて木剣を握り直して切っ先をスレイズに向ける。

その瞬間に彼の持つ雰囲気が一気に変わる。見た感じは全く変わっていないのだが。

表情も姿勢も全く一緒。スレイズは手をだらんと下げて構えているわけでもないのに、全身が彼の放つプレッシャーを感じて小刻みに震える。

首筋がチリチリとひりつくような感覚を覚える。

前世でも、こんな感覚は味わったことはない。これが人斬りの持つ独特の雰囲気というやつか？

この世界の軍人というのは実際に人を殺したことがある者が多いだろう。それも目の前の男は千人以上の人間を殺した、本物の猛者。

マイケルも騎士だった以上、人を殺した経験はあるかもしれない。だが、この男は今まで見た人間と全く違う。

恐怖で怯みそうになるが、お腹にグッと力を込めて足の震えを強引に止める。

一撃だ。

一撃で決めないと、確実に殺される。

孫相手にそんなことはしないだろうと思うが、やられると本能が感じ取っている。

全力で今持てる最速最強の一撃を叩き込む。

覚悟を決めて身体強化を使い、一気に距離を詰めて斬りかかり。

「甘い……なっ？」

柄で手を打ち据えられそうになったため、咄嗟に手首を返しこっちも柄で受ける。

もちろん子供の握力で耐えられるわけもなく手から剣がすっぽ抜けるが、落ち切る前に左手で剣を掴み右手でスレイズの手を押さえる。それから左手でスレイズのこめかみに全力の水平斬りを放つ。

チイッ！

俺の放った剣が全く抵抗も受けることなく振り切られたことから、スレイズにあっさりと躱されたことが分かる。

ヤバい！

やられる！

がむしゃらに剣を斬り返そうとして、視界が真っ黒になって星が舞った。


管理者の空間に避難して、状況を確認。

地面に横たわっている俺に向かって、マリアとメイドの女性と執事の男性が一生懸命手をかざしている。

手から緑色の柔らかい光が零れているところを見るに、回復魔法的な何かで治療を受けているのだろう。

その横でスレイズが正座をして地面に両手をついている。

スレイズの前には仁王立ちで腰に手を当てて、見下ろしている祖母エリーゼの姿が。

食卓で見た冷たい怒りなんてものじゃない。

湯気のような煙をあげながら冷気を放っているというか。

燃え滾るような怒りを放ちながら、凍てつくような有無を言わさぬ空気を作っているというか。ご愁傷様としか言葉の掛けようがない。

先ほどスレイズと対峙したとき以上のプレッシャーを放っているようにしか見えない。

「あなた！」

「す……すまん、予想以上に剣筋が速くて加減が……」

「六歳児の予想以上なんて、たかがしれているでしょう！　そのくらいで加減もできなくなるくらいに耄碌したのですか？」

ピシャリと切り捨てるエリーゼの言葉に、とてもじゃないがこれ以上の反論はできないだろう。

「いや、本当に六歳児どころでは……はっ！　これが天才か！」

おい、じじい！　少しは空気読んで反省しろ！

「馬鹿なこと言ってないで、早く回復薬を用意しなさい！」

おばあさま大激怒。特大級の怒声に、周囲がピリピリと振動している。

振動しているというのに……

「いや、本当に子供とは思えぬ動きじゃったのじゃ！　手加減などすれば、隙を突かれかねん鋭さも兼ね備えておった」

　呑気すぎるだろう、このじじい。

「ほらなっ？」

　もう一人呑気な男がここにも。流石親子というか、なんというか。

「あなたも『ほらなっ？』じゃないですよ！　それと、お義父様も加減くらいしてください！」

　マルコを治療していたマリアが、マイケルを思いっきり睨み付けている。

「このバカ息子！　あんたも、同じことやったのかい！　マルコがおバカになったらどうするんだい！」

　それを横で聞いていたエリーゼが、さらに特大の雷をマイケルに落とす。

「申し訳ありません母上！　一線級の斬撃を前につい現役時代の血が騒ぎまして」

「言い訳するんじゃない」

　なんだろう……この大地の震えはエリーゼの怒声だけのせいじゃない気がしてきた。

　エリーゼの身体から赤と黒のオーラが立ち上っている。

　まるで溢れ出る怒りを表現しているかのような。

「は……母上、魔力が漏れ出てるようですが？」

「す……すまん。本当に反省しておるから、どうか落ち着いてくれんか？」

　流石にこれにはスレイズもまずいと思ったのだろう。慌てた様子でエリーゼの足元に縋りついて、必死で謝っている。

「いいから、あんたは薬を取りにとっとと行きなさい！」

「分かった！」

エリーゼに尻を叩かれたスレイズが、走って屋敷に向かって行く。

後ろから見たら必死で走っているように見えるが、その顔はいびつに歪まれている。

まあ、別に悪だくみをしているとかではなく、彼にとっての純粋な笑顔なのだが。

「天才どころの騒ぎじゃないのう……神童か？」

さきほどまで必死の形相で嫁に謝っていた割には、その心中は意外と呑気だった。

「母上、私も」

「マイケル……マルコと剣を合わせた時のことを聞かせてもらえるかしら？」

「えっと……」

マイケル逃亡失敗。

「それでしたら、私からも詳しいお話を」

「あらマリアさん、是非聞かせていただきたいわ」

逃げ場はないぞ？　しっかりと叱られてこい。

「酷い目にあった」

祖父であるスレイズに、致死級の一撃を喰らったマルコだったが無事に生還を果たした。ベルモント家の大人達が、子供に容赦ないのは遺伝だろうか？

しかもその後でもう一泊した祖父に、徹底的にしごかれた。

エリーゼとマリアが冷たい視線を浴びせかけていたが、マイケルとタッグを組んでいかにマルコが素晴らしい才能を秘めているかを力説。

女性には、そこまで興味のない話だったようだが、将来のためには今ここでしっかりとした基礎を叩き込むことの重要性を説かれると一考する価値はあったらしい。

将来の役に本当に立つならと、二人の監修のもと行われるように。

祖母であるエリーゼと母マリアの無言の圧力により、結局最後までスレイズとマイケルが剣を握ることはなかったが、その代わり素振りや基礎訓練を徹底的に叩き込まれた。

マルコが剣を振るうのを見るたびに手がうずうずと動き出す二人に、エリーゼの目つきが鋭さを増す。

どうにか訓練を乗り切ったところで、スレイズ達が出発する時間がやってきた。

ベルモント邸の門の前で見送りする領主一族と使用人一同。

テトラはマリアの胸に顔を埋めて、全くスレイズに視線を向けようともしない。

スレイズのせいでテトラの顔が拝めないため、エリーゼが若干苛ついている。

エスコートするように手を差し出したスレイズに対して、先に馬車に乗ってくださいと切り捨てる。最後に一目テトラの顔を見ておきたいらしい。

妻に振られたスレイズがマルコの前までくると、頭を優しく撫でる。

頭上に手が添えられた瞬間にマルコがビクッとしていたが、撫でられるだけだとすぐに思い直してされるがままに。

スレイズはマルコに対して、あとは反復を繰り返すだけだと言い残して、馬車へと乗り込んだ。

マルコにとって、トラウマが増えただけの三日間だった。

確かに、素振りをしながら数えきれないほどの、細かい指摘を受けたのは有り難かった。

自身が最前線で武功を重ね、王族に指導するほどの人物からマンツーマンで習ったのだ。

嵐のように過ぎ去っていった祖父と祖母に、ようやくひと心地付けた感じだ。


マリアが雇ってくれた先生も確かに優秀ではあった。優秀だったたが、あくまで騎士の剣。何よりもそれ以上に、貴族の剣の先生だった。

無駄な動作が多いのもまた事実。優雅に剣を振るう、剣舞のような動き。いちいち動きが派手で、それでいて実直で素直な剣。

決闘などによる、対個人向けの武技。

戦場などの乱戦の中で、それが実際に使えるかどうかの不安もあった。

それに引き換え冒険者ギルドで学んでいたのは、魔物や野盗を相手にすることを想定した実戦向きな、無駄のない武術。

剣だけでなく、槍や斧、メイス等のこん棒術、はては弓や鎖分銅など得物は多岐にわたり、またチームでの動きを想定したものも多い。

数人の先生方に師事し、得られるものはとことん得てやろうと頑張ってきた。というか、武器の訓練は楽しいし、鍛えれば鍛えるほど強くなるというか。

マルコの身体のスペックが高いことも理由だが、やっぱり武器を扱う技術が上がっていくのはそれだけでも楽しい。

そして今回新たに習い始めた祖父の剣は、必殺の剣。

戦場で、軍を相手どり確実に生き残るためのもの。

敵を殺すことにのみ特化していた。究極に無駄のない剣だと言える。

相手の柔らかいところかつ立ち上がることを許さない急所を狙う一撃。強引に相手の兜を叩き割り、絶命に至らせるための一撃を生み出す訓練法。

「この剣嫌いだな……物騒すぎる」

祖父達を見送ったあと、倒れ込むように眠ったマルコが起きてから呟いた一言だ。

マルコは生まれも育ちもこの世界だから、あまり人を相手にした殺し合いに忌避感を抱いてなさそうだと思ったのだが。そうでもなかったらしい。

まあ、本質が平和な国の生まれだからなのか、それとも人を殺すことに忌避感を持っている俺の影響を受けているからか。

そもそも同一人物だからか、そこまで好みや性格に乖離が出ることもないし。

子供ならではの行動も、そういえば俺もこのくらいの時はと思い当たる節があったり。

いや、それでも女性に対してグイグイ行くような子供じゃなかった。恵まれたルックスと財力があったら、俺もそうなってたのかな？

どこかの社長の家に生まれて、将来会社を継ぐことが決まってたりしてたら……まあ、たられればを話しても仕方がない。

この部分だけは、俺とは違うと自分で自分に折り合いをつけておこう。

「次に会った時に、ちゃんと練習していたか確認するからのう？　精々精進しておくように」

帰り際のスレイズのセリフに、深く溜息を吐く。

なまじ実力を見せたからか、完全に後継者認定されてしまった。

実際にはマイケルもスレイズの剣技をマスターしているらしいし。ベルモントに産まれた男児としては、避けては通れない道っぽい。

取りあえず、これからはスレイズの書き残したメニューも新たな日課となってしまった。

さぼったりしたら、後で酷い目に合いそうだし。いや、叱責とかじゃなくて、遅れた分を取り戻すために強化訓練とかされそうって意味でね。

ところがスレイズが来た影響は、剣を頑張るようにということ以外にも出ている。

エリーゼからもマリアとマリーに指示が出されていた。スレイズやマイケルのような剣術馬鹿になっては困ると、勉強においても家庭教師を付けるようにと。

正直剣の訓練をさぼっても、勉強だけはしっかりやった方が良いと俺は感じた。マルコもそう感じたらしい。

それもそうだろう。ある意味で祖父よりも怖く、この家の実権を握っているともいえる最強の人からの指示だからね。

とはいえこれが守れなかった場合、とばっちりでスレイズやマイケルまで叱られそうだが。

母マリアもエリーゼを尊敬しているようで、目を輝かせながら同意していたところを見るとこれは何があっても確実に守られるだろう。

何か一つを極めたら良いというわけではない。文武両道、領民の手本になるようにとのことらしい。

貴族というのも大変だな。頑張れよ、マルコ。

他人事のように空の上からマルコを眺めつつ、マルコが家庭教師を相手に茹ダコになっている間、俺は管理者の空間で実験に勤しむ。

二人で一緒に勉強しなくても、マルコが得た知識をもらえば良いだけだし。それなら、俺は管理者の空間を充実させることに時間を使わないと。

役割分担ってやつだ。

はっはっは、空を睨んだってそこには俺はいないぞマルコ。

まあ、こっちのことは任せてくれ。

7　管理者の実力の片鱗

それから二ヶ月ほど過ぎ、ようやくマルコに外出許可が下りた。

というのがアシュリーとの約束である、服を買いに行くという予定があったからだ。

そのためにマルコが屋敷の中で一生懸命お手伝い《アルバイト》に励んでいたことを知っているマリアも、流石に無碍にはできなかった様子。

今回の護衛はトーマスの他に、ヒューイも付いている。

警備隊長が屋敷の警護よりも、子供のデートに付き合うというのはいかがなものだろう。

実際にマルコもそう思ったのだが、あえて何も言わなかった。

前回の誘拐未遂事件のこともあるし、何よりも今回は護衛対象が二人になるわけだ。

マルコだけを護れば良いってわけでもないので、流石にトーマスだけでは荷が重すぎるとの判断もあった。

誰の判断かって？　それは、マリアとマリーの二人のだ。

この二人相手に異論を唱えるほど、マルコも俺も愚かではない。

きっと長々と説得や説教が始まるだろう。下手したら、今回のデート自体が流れてしまうかもしれないしな。

ということで、護衛を二人引き連れてのデートとなったわけなのだが。ヒューイは、横を歩くトーマスを見て溜息を吐いている。

「なんで、坊っちゃんがデートなのに俺の横には野郎が歩いてんだろうな？」

「酷いですよ隊長！　それ言ったら、自分も同じ境遇ですからね？」

後ろでそんなやり取りが聞こえてくるが、前を歩くマルコの足取りは軽やかなものである。

よそ行きの一張羅を身に纏い、ルンルン気分で歩いている。

それは良いがマルコ、これから古着屋に彼女候補の服を買いに行くのに、お前はオーダーメイドで仕立ててもらった服を着てていいのか？　そんな無粋な突っ込みはしないが。

俺からすれば、アシュリーは幼女に分類される。完全に俺の守備範囲外である。

どちらかというとマルコにはギルドの受付のお姉さんや、ローズと仲良くしてもらいたい。

もらいたいが、マルコが大人になるころにはどちらもおばさんか。

それでも二〇代後半という本来の俺にとっては、全然ありな年齢だから複雑な気分だ。

「あっ！　マルコ！」

武器屋喫茶に近付いていくとお店の前で通りをジッと眺めていたアシュリーが、こっちに気付いて手を振ってくる。

ずっと外でマルコが来るのを待っていたのだろうか？　健気だ。

「アシュリー！」

マルコも、その姿に気付いて駆け寄っている。

アシュリーは白のブラウスに青いサスペンダースカートを履いていて、お人形さんみたいに

可愛い。頭には大きめの白いリボンを付けている。

マルコとアシュリーのデートの様子はというと、

「そのリボンも服も可愛いね！」

さらりとそんなセリフが出てくるのは、素直な子供だからなのかそれとも……まあもう少し歳を重ねれば、天邪鬼になってしまうこともあるだろう。

俺が前世の歳相応に擦れているだけに、マルコにはいつまで無邪気な子供の心を持ち続けてもらいたいものだ。

「マルコの服も、凄くカッコいいよ！　綺麗な生地だね」

「そう？　いつもと同じだと思うけど……有難う」

気付いているかマルコ？　今、アシュリーが欲しいと思う服のハードルが一気に上がったのを。なぜ、今日卸したての服で来た？

これで下手な古着を選んだら、ただの当てつけだぞ？

かなり、嫌な奴認定されるぞ？　まあ、それはそれで面白いけど。

「ボンも、今日のために服を新調したのに、よくもまあ白々しいことを……」

「お坊ちゃまは、いつもオシャレですよ？」

ヒューイが何やらぼやいているが、聞かなかったことにしよう。

子供相手に嫉妬するなよ、みっともない。マルコには聞こえてないが、俺には丸聞こえだからな。

とはいえ、このことを告げ口しても誰も幸せにはならないし。

「取りあえずおじさんに挨拶しないと」

「そうね。パパにマルコが来たことを伝えないと」

そう言って、アシュリーがパタパタとお店の中に入って行く。

外国人の子供って、本当に天使みたいだよね。満面の笑みでお店に消えていくアシュリーを見ながら、思わず頬が緩む。

ただ一つ言えるのは、立派に育てよ！　ということだけだろう。

今は今で違った意味で可愛いから、この姿も目に焼き付けておこう。

「警備隊長さん、娘をよろしくお願いしますね」

「はいっ、任せてください！　大事なお嬢さんに万が一があっては大変ですからね」

「むう……」

なぜヒューイによろしくするのだろう？　今日のエスコート役は僕なのに。

そんな不満がひしひしと伝わる表情だ。

「坊っちゃんも、今日はすみませんね。わざわざ娘のために」

「いつも、よくしてもらってますので。お気になさらずに」

「本当に坊ちゃんは、礼儀正しくて立派ですね」

そう言って大きな手で、マルコの頭を撫でるマスター。一応、マルコの不機嫌を感じ取ったようだ。

内心では娘を取られる悔しい思いをしているだろうに。相手が領主の息子じゃ、文句も言えないだろうが。

「それじゃあパパ、行ってきます」

「おう、楽しんでこいよ！　お坊ちゃんに迷惑かけるなよ！」

「分かってるって！」

そして、お店を後にして古着屋に向かう。

古着屋があるのは、この通りを五分ほど進んだところだ。様々なお店が立ち並ぶ、商店街の一角。

一応昼食は、アシュリーの家でもある武器屋喫茶でとると言ってある。

子供だけであまり遅い時間まで出歩くのは、流石に非常識だと分かっているようだ。

厳密に言えば、頼もしすぎる保護者が二名付いているが。

元々服屋にしか行く予定がないので、遅くなりようもないのだ。

その保護者二名はというと、

「世の中理不尽っすね……」

「それは、ベルモント家に対する不満か？」

「滅相もない」

前を楽しそうに歩く二人に対して、妬み全開で暗い表情を浮かべているトーマスにヒューイが睨みを利かせる。

さっきまで自分の隣を歩いているのがなんで野郎なんだと、不満を漏らしていた男のセリフとは思えない。

「まあ、隊長は綺麗な嫁さんもいるから、俺みたいな独り者の気持ちなんて分かんないっすよ」

「アホ、俺だって昔は独り身だ」

独り身を経験したことのない人間などいるはずもない。だが今が幸せそうなら、そんな相手でも妬みの対象になりえる。

トーマスだけが不満たらたらな様子だ。

ヒューイは、微笑ましいものを見るような優しい表情を浮かべている。

「じゃあ、申し訳ないけどヒューイさん達はここで待ってて」

「はいはい、楽しんできてくださいね」

「隊長さん、ありがとう！」

目的のお店についたマルコが、ヒューイ達を店の前に残して中に入って行く。

流石に店の中で、領主のお坊ちゃんに不届きを働くような輩はいないだろう。

それにあらかじめ中を確認したが、店主しかいなかったので特に大きな問題はないはずだ。

ヒューイも、気を使って買い物の間だけは二人っきりにさせることに、異論はなかった。

だが、この判断こそが最大の失敗だったとは、この時は誰も露ほども思わなかった。

＊＊＊

「今日は、いつものおじさんじゃないの？」

「ん？　お嬢ちゃんはいっつもお店の前で服を見てる子だね？　ああ、兄貴は今実家に呼び出されててね。私はここの店主の弟でね、三日間ほどお店を預かってるんだよ」

「そうなんだ」

古着屋に来ることのないマルコは知らなかったが、どうやら店番をしていた男性は店主ではないらしい。

自ら弟と名乗っているから、ここでも特に警戒することはなかった。

どうやらアシュリーは、しょっちゅうここで外から服を眺めていたらしい。ということは、お目当ての服とかあるのかもしれない。

しれないが、お店の前に飾られているような目玉の服ともなると、ちょっと値がはるかもなマルコ。

アシュリーは来たかったお店に来られたことで、テンションが上がっているらしく店内のあちこちを見て回っては、感嘆の声をあげていた。

そして、店内の一角で足を止めた彼女が一段と華やいだ声をあげる。

「可愛い」

そう言ってアシュリーが手に取ったのは、淡い緑色の生地に白い小さな花柄の刺繍が入ったワンピースだ。

あまり染付の技術は発達していないらしく、店内に置いてある服で絵柄が入ったものはほとんどが刺繍だった。

「うん、アシュリーの栗色の髪にぴったりだと思うよ」

マルコは女性が気に入った服をさらりと褒めるくらいの処世術は、持っているようだ。

生粋のタラシか。

我が精神ながら末恐ろしいものを感じつつ、二人の様子を眺める。

生前女性の買い物に付き合うのは割と苦痛だったが、こっちの俺はそうでもないらしい。

なんで服屋さんって、椅子とか置いてないんだろうね。

どこか忘れたけど、店内の奥にテーブルと本棚と子供が遊べるスペースがあって、飲み物も頼めた服屋さんには物凄く感心した記憶がある。

それもかなりおしゃれな内装で、置いてある服もいろいろと取り揃えられていた。

ここでの買い物に付き合わされる男性も大変だろうが、だからこそこういった気遣いにあっぱれと思ったのだが。存外、そういったお店ってないもんだしね。

男として、コーヒーが飲めてゆったりと座れるスペースのある服屋なら、いくらでも連れて来ていいと思えるくらいに有難いと感じた。

「良かったら試着してみるかい？」

「いいの？」

店主の申し出に、アシュリーが表情を輝かせる。

普通だったら子供に試着なんかさせないのだろうが、今回は見るからに金を持ってそうなパトロンが付いてきているし。店主としても、買ってもらえるだろうという打算があってのことだろう。

すでにアシュリーがこの服にほとんど決めているのも見ていて分かるし。そして、手に持ったワンピースを胸に抱くと、マルコの方を窺うように見る。

俺なら自分も手に取って値段を確認したいところだが、マルコは予算を割と多めに持っている。

物の値段が分かるかどうかは別として、問題ないと踏んだのか笑顔で頷く。

こういった余裕が出せるのが羨ましい。やっぱり、経済力ってのは格好を付けるのに大事だな。

「ちょっと待っててね」

アシュリーがワンピース片手に試着室に入ったので、マルコは店内を適当に物色する。

似たような服の値段を見ているところから、一応の価格調査をしているらしい。

よくできた子だと我ながら感心した。

が……店の奥に進んだ時に、店主の動きに不意に違和感を感じる。

店主がさりげなく、マルコの傍を離れ試着室に近づいているのが見える。

試着をしているお客様の状況を確認しに行っているように見えなくもないが、それにしては動きがぎこちないというか。何かに警戒しつつ、移動しているのが気になる。

もし試着の様子を見に行くのであれば、試着室の方を見て移動するはずだ。

だがその目はマルコを見ながらの移動だった。

ともすれば、マルコが服を盗ったりしないか警戒しているようにも見えるが、連れが試着室にいる状況でそんなことをするはずがない。ましてや、相手は領主の息子だ。

様々な状況から、店主がそんな動きをすること自体がおかしい。

まさかと思うが、この男がロリコンってことはないよな？

少し不安になり、男の動きに注目する。

試着室の前に移動した男の視線が、何かを気にするように忙しなく動いているのが特に気になる。

そして店主をしばらく見張っていると不意にカウンターの方から、小さな物音が聞こえてきた。

マルコも聞こえたのか、音がした方を注視する。

まずい！

すぐにマルコの身体に戻ろうとしたが、カウンターから飛び出した影の方が少し早かった。

男は服が掛けられているラックが倒れるのも気にせず、一瞬でマルコに飛び掛かると、そのまま羽交い絞めにする。

それとほぼ同時に俺もマルコの身体に戻ったが、男の飛びつきを躱すには間に合わずそのまま口を塞がれて抱きかかえられる。

さらにシャッという音が聞こえたので、そちらに目をやるとアシュリーが店主の弟に捕まっている。

まさか……お店の中に刺客が潜んでいるとは。完全に油断した。

お店の周りに怪しい人影もなかったし、何よりも店の前で護衛を待たせているのに店内でトラブルが起こるとは思いもしなかった。

「おいっ！　表に見張りが二人いるからすぐに裏から逃げるぞ！」

「ああ！」

必死の抵抗を試みるが、いかんせん六歳児に大の大人の男をどうこうできるはずもない。

こっちに近づいて来る店主の弟に目を向けると、脇に抱えられたワンピースを着たアシュリーが顔を青くしていた。

どうやら彼女も、こいつらが人攫いだと思い至ったのだろう。怪しい男に捕まった俺を見て、その表情がさらに絶望に染まっていく。

恐怖の度合いが強すぎて、悲鳴すらあげられないのだろう。

まあ、ある意味でここで騒がれて、危害を加えられるよりは良かったが。

仕方ない、こうなったら……いや、ちょっとまて、これはある意味でチャンスか？

見上げた先の男の顔は、例の裏路地に潜んでいた奴に似ている。よく見れば、先ほどまで人の良さそうな顔をしていた店主も、今じゃ怪しい笑みを浮かべる人攫いにしか見えない。

おそらく標的はマルコ。

ただ、一度失敗したにもかかわらず再度誘拐を試みた理由が分からない。その理由を突き止めるためにも、あえて連れ去られるのも悪くない。

だが、アシュリーを巻き込むわけにはいかない。

いや、すでに半分巻き込んではいるが……どうにかして、アシュリーだけでも逃がさないとな。

先にカウンターの裏の出口から居住区に入ろうとした男の隙をついて、右手を下に向けて蜂を呼び出す。

出口に目を向けている男からは、俺の右手から蜂が落とされていることなど見えるはずがない。

床に降り立った蜂は、そのまま歩いてアシュリーを抱えている男の方へと向かう。

そしてある程度数が揃うと同時に、一斉に飛び立つ。

突如聞こえてきたブーンという店内には似つかわしくない音に対して、途端に俺を抱えていた男が周囲を警戒する。

安心しろ、お前には向かわせないさ……

俺は蜂達に、そのままアシュリーの救出を指示する。

すぐに大量の蜂が、アシュリーを捕らえた男に向かって行く。

突如現れた蜂に店主を騙った男だけでなく、アシュリーまで焦って暴れているが、その表情は蜂を見て刺される恐怖からか酷く怯えているように見える。

男に攫われて抱えられている時よりも。

まあ目の前の蜂が普通の蜂だったならば、実際に危害を加えられることは想像に容易いだろうが。こんな狭いところで大量の蜂が現れて、しかも自分の方に向かってきたとなるとそりゃ平然としてろって方が無理だな。

「なっ、なんでこんなところに蜂が！」

「ンー！　ンー！」

今の今まで人攫いに抱えられても、恐怖で声を出すこともできなかったアシュリーが必死で叫ぼうとしている。

彼女を抱えている男も、そんなことを気にしていられないのか俺達から距離を取るように逃げる。

「こいつら……おい！　こっちは良いから、お前は先に行け！」

蜂に狙われている男に指示されて、俺を抱えた男が後ろを振り返りつつも店の居住スペースから裏路地に駆け込む。

覚悟を決めてからは一度も振り返ることなく、慣れた足取りでこの入り組んだ道をすいすいと進んでいく。やはり、事前に綿密に計画された犯行か。

本当に一体なんのためにこんなことを。


しばらくおっさんに小脇に抱えられて揺れていたら、一匹の蜂が飛んできて俺の前で弧を描く。丸というメッセージだ。

すなわちアシュリーの救出は成ったと。

人質さえいなければ、対処する方法なんていくらでもあるわけだし。取りあえずこの男はアジトに向かっているようなので、裏に控えた連中を確認するとしよう。

そして潰せるようなら、潰す。

無理ならそそくさと管理者の空間に、この身体ごと逃げ込めばいいだけだ。

いついかなる状況でも、管理者の空間への転移は簡単に行える。

こうやって捕まっている今ですら、逃げようと思えば簡単に逃げられるわけだ。

何も問題はない。

俺の外出を阻んだ連中だ。恨みは十分にある。

もう二度と変な気は起こさないように、徹底的に叩いてやろう。

これが原因で外出に関して制限がさらに厳しくなるかもしれないが、その原因を消滅させればそもそもの問題がなくなるわけだ。

そしたらまた前みたいに、大手を振って外出できるようになるはず。

「取りあえずこの建物内や、周辺をくまなく調べてみたい。しばらく、おとなしくしていられるか？」

「アシュリーは無事なんだよね？」

「なんだ、タブレットで様子を見なかったのか？」

「いや、だって僕が誘拐されてるんだから、そっちが気になって」

どうやら、アシュリーより自分の身体が心配だったらしい。

「違うよ、こっちにいたら殴られても僕は痛くないけど、もう一人の僕が何かされないか心配だったんだよ」

そうか。俺の心配をしてくれていたのか。

マルコの頭を軽く撫でてやる。

今二人とも管理者の空間にいるので、床に寝かせられているマルコの身体は意識がない状態だ。賊には気を失っていると思われているだろう。


マルコと打ち合わせを終え、一度管理者の空間の神殿の椅子のある場所に戻る。

それから俯瞰の視点で、周囲を確認。連れ去られた場所は、一応ベルモントの街の中だ。てっきり街から外れた薄汚れた掘っ立て小屋のような場所に連れていかれるかと思ったが、普通の一軒家だった。

カモフラージュのために購入したものなのか、ここの本来の住人から奪ったものかは分からないが、衛兵やうちの者達がここを見つけるのは骨が折れるだろうな。

その一軒家の一室に、両手を縛られた状態で監禁されている。窓も何もない部屋ではあるが、掃除が行き届いているのが幸いだ。

普段は何に使われているのやら。いや、本当にただの空き部屋かもしれない。

取りあえず、マルコな俺に任せるわけにもいかないので一旦本体に戻る。

マルコと意識を統合することもできるが、この状況で子供らしさは不要だ。

うっかり子供の感覚が表に出て、迂闊な行動をとってしまったら状況が悪化するかもしれない。

だから、俺が代わりに対応することにしたのだが。

ただ、管理者の空間のマルコが若干うざいが。

ある程度の認識のすり合わせは終わっているが、細かい行動までは伝えていない。

そこについて、子供特有のしつこさであれこれと質問されて、段々と辟易してくる。

いっそのことぱっと見可愛いスパロウにでも相手させるかと考えていたら、監禁されている部屋に悪党の一人が入って来た。

「おう坊っちゃん、腹は減ってねーか？」

男は三〇代前後くらいだろうか？

無精ひげを生やしていて、身なりもお世辞にも良いとはいえない。

こういった稼業の割には、稼ぎは良くないのだろうか。

いや、単純に見た目にこだわらないだけかもしれない。

「うん？　ちょっと減ってきたかも」

確かに昼前から何も食べていないため、この身体は空腹を訴えている。

正直にそう伝えたら男は一瞬キョトンした表情を浮かべたあと、豪快に笑う。

「ガッハッハ！　なかなかに肝が据わってるじゃないか。あいにくと貴族様が食べられるようなものはないが、何も食べないよりはマシだろう」

すでに食事を用意していたのだろう、手には盆を持っていた。その上には湯気の立つ器が載っている。

意外と食器類がきちんとしたもので、びっくりした。てっきり割れたりひびの入った、薄汚れたものを想像していたが。

器の中身は色の薄い透き通ったスープで、芋と気持ち程度のお肉が入っている。

肉があるだけマシかと思いつつも、溜息が出る。

横には黒パンが添えられている。

「いつも坊っちゃんが食ってるもんと比べられるとあれだが、一応ちゃんとしたものだ」

そう言って差し出されたが、こっちは両手を後ろ手に縛られている。

食べようがない。

腹が立つことに、匂いは悪くない。というか、割と美味しそうな匂いをさせている。

一瞬嫌がらせかと思ったが、男がスープを匙に掬って口に運んでくれる。

思ったよりも良い待遇に思わず面食らってしまったが、腹が減っているのは事実だ。

差し出されたそれを口にする。

見た目通りに薄味だが、悪くない。悪党にあーんをされたことより衝撃的だ。

俺が考えていたことが分かったのか、男が苦笑いする。

「俺らだって、自分で飯を作ってんだ。まずいもんは作らんよ」

たったこれだけのことなのに、目の前の男が悪い人物のように思えなくなってくる。

危ない危ない。

自炊する悪党か。

普通といえば、普通なのだろうが。ストックホルム症候群に近い状況になりそうだ。

「あー……なんで、普通に飯を食わせてもらってるか不思議な顔だな？」

「当然でしょ……」

そっけない俺の返事に、男が頬を掻く。

「確かに俺らはまっとうな仕事をやってきてはいないが、そこまで非道な行いをしてきたわけじゃない。今回の件も一応、坊っちゃんの身を攫ってきてある人に引き渡すってだけの依頼だしな」

「ある人？」

「それは俺らからは言えねーが、危害を加えろって指示は出てねーからな。金払いはいいから飯くらいあげたってどうってことねーしな」

髭面の男が笑いながら答えてくれるが、今は良くても連れ去られた先でどんな目に合うか分かったもんじゃない。

確かに実行犯は悪党ではあるが、極悪人ではなさそうだ。

すぐ命を取られるってわけじゃないなら、それはそれとしてのんびりと情報収集といこうか。

「だったら、いいお肉と柔らかいパンを大量に買ってきて、必要経費で相手に上乗せで請求すれば良かったのに。おじさん達もこっそり食べてもバレないでしょ？」

俺の言葉に、今度は男が面食らったらしい。

一瞬固まったあとで、ガッハッハッハと豪快に笑う。

ああ、悪人っぽい笑い方だとくだらないことを思ったが、本当に面白かったらしい。

「流石、学のある人は考えることがちげーな！　だったら、酒も買ってきて良かったか？」

「まあ僕はお酒飲めないけど、問題ないんじゃない？　領主の息子を攫うんだ。はした金じゃないんでしょ？」

「ああ、当分は働かなくていいくらいには貰える」

男がニヤリと笑ってみせる。

「だったら、今さら金貨の一枚くらい上乗せで請求しても、必要経費だったってことにすれば相手も何にも思わないでしょうね。これが金貨百枚とかだったら、足元を見た小悪党の扱いになるかもしれないけど」

「そうだな……契約金に比べりゃ、金貨一枚なんて誤差の範囲だ。だったら、坊っちゃんにもっと良いもん出せたし、俺らも美味しい酒が飲めたってもんか」

男は本当にもったいないことをしたと思ったのだろう。大げさに溜息を吐いて、パンをちぎってスープに浸してから口に運んでくれる。

いろいろと金を引っ張ろうと思えばどうにかできそうな依頼人だと思ったが、この男はそこまで知恵が回らなかったらしい。というか提示された金額で納得したのだろう。

「ちゃんと手は洗ってるからな」

意外と細かいところにも気を使ってくれていて、本当になんだかなあという気分になる。

しかしそれはそれとして、アシュリーまで攫おうとしたのはいただけない。ひととなりは別として、やっていることは歴とした犯罪だ。

たとえ根は悪くない人だろうと思いつつも、警戒を解くことはしないし、いざとなれば容赦する気もない。

実行犯が意外と普通だったからといって、後ろに控えた連中までそうだとは思えないしな。

なんてことを思いながらも、しっかりと頂いてしまった。

うむ……ごちそうさま。

「あー、まあ特にできることはないから、依頼人が来るまで休んでてくれ……トイレは大丈夫か？」

……

こんな人が悪事に手を染める時代というのも、考え物だな。

本人もまっとうな仕事じゃないと言ってるんだ。そこは割り切ってるのだろう。

こんな仕事しかできないのかもしれない。

「着替えがないから、お漏らしはしたくないかな？」

「……本当に大物だな、坊っちゃんは」

俺の返事に、キョトンとした表情を浮かべたあとトイレに連れて行ってくれる。

きちんと掃除の行き届いたトイレだった。もしかすると、生活くらいはまともにしようと思っているのかもしれない。

自炊も掃除もできる悪党か。

変な人だ。

それから部屋に連れ戻されると、毛布を二枚手渡してくれた。一枚を下に敷いて、そこに俺が横になるのを確認すると上にもう一枚を掛けてくれた。

毛布も今日のために洗って干していたのかな？

良い匂いがするのが、かえっていたたまれない。もしかすると、常日頃からきちんとしているのかもしれないと思えるほどに。

なんでこの人、人攫いなんかしてんだ？

いくらこの人が普通っぽくて少し気遣いができそうだからといって、犯罪者のアジトで寝るような不用心な真似はできない。

目が覚めたら、もっと状況が悪化してましたなんて笑えない。どんなに悪化してても、即時離脱ができるのが救いだが。

ジッと耳を澄ませつつも、眠らないように意識をしっかりと持つ。

途中で先ほどの男が部屋に入って来て、ズレてしまった毛布を掛け直してくれた。

凄く微妙な気持ちになった。

取りあえずできることも無くなったので管理者の空間に送ったマルコに戻ってもらい、代わりに俺が管理者の空間に戻る。

俯瞰の視点で周囲を窺うと、衛兵や屋敷の警護の人達が通り回っているのが見える。

申し訳ないと感じつつも、ここで抜け出したら何のために捕まったか分からないのでどうしようもできない。

そして彼の言う依頼人とやらの到着を待つ。

どれくらいの時間が経過したか分からないが、夜も更け街の人々が寝静まった頃、この家に向かってくる人影が見える。

人数は二人。この間の、ちょっと良い格好をした人達だ。

建物の入口で、先ほど俺に食事をくれた男とは別の男と話をしている。やはり複数の人が、この屋敷にはいるらしい。二、三言葉を交わしてから、入口で対応していた男が室内に入って来る。

その後ろを二人組が付いて入る。

あっ！

次の瞬間、二人のうち一人が剣を抜いて前を歩く男を背中から斬りつける。

まずい、そう思ったがここからではどうすることもできない。

入口から入ってすぐの部屋には他にも四人の男がいたが、突然の出来事に浮足立った様子で武器を手にする間もなく二人組に斬られていく。

どういうことだ？

仲間割れか？

いや直前までは普通にやり取りは行われていた。ということは、依頼人の二人は端からこいつらを殺すつもりだったのだろう。

となれば、俺がこいつらに引き渡された後でどうなるか……あまり、良いことにはなりそうにない。

すぐにでもこの場から離れるか？

いや、逃げるのはいつでもできる。

逆にこいつらを捕らえる方向で動くか。失敗したら、逃げれば良いわけだしな。

マルコと入れ替わると、蟻を召喚して手を縛っていた縄を噛み切ってもらう。

丁度そのタイミングで扉が開かれる。飛び込んできたのは、いろいろと世話をやいてくれた男だ。

「坊っちゃんすまねー！　どうやら騙されたみたいだ！」

騙されたのはお前らだけだろう。

俺は、別にその依頼人とやらと面識はないのだが？　そもそも依頼の詳しい内容も分からないし。

そんなことを考えながらも、二人分の足音が近づいてくるのが聞こえる。

「坊っちゃん、逃げてく……あれ？　縄は？」

「あー、あんなのいつでも切れたよ？　それよりも、僕はこれから来る二人に用があるから……おじちゃんは一人で逃げなよ」

すでに縄を解いて立ち上がり、身体の凝りをほぐすようにストレッチをしている俺に男が目を見張っている。

早く逃げなくて良いのだろうか？

「えっ？　はっ？」

完全に動き出すタイミングを逃したのだろうか？

間抜け面で、ぼやっと立っている男を見ていると呆れてくる。

残念だが、もう逃げるのは不可能だろうな。男のことは放っておいて、状況を整理しよう。

今回こいつらに来た依頼は俺を殺せじゃなくて、攫えだ。

二人組にとっても、俺は何かしらの大事な人物なのだろう。

男が助かるには俺を人質に取れば、どうにかなるかも。

まあ、良くはしてもらったがそもそも誘拐したのはこいつらだ。助けてやる義理もない。

だから教えてやるつもりもない。

そして、残念時間切れ。

目の前で、固まっていた男の背後に人影が現れる。

ただ、多少はやり取りのあった人が目の前で斬られるのを見るのは流石に。

「マルコ殿、助けに参りましたぞ！」

「この不届き者め！」

わざとらしく俺の名前を叫びながら男に背後から斬りかかっていたので、咄嗟に目の前の男を横に蹴り飛ばす。

「ぐえっ！」

情けない声をあげて男が吹き飛ぶと、その場所に剣が振るわれる。

間一髪、斬られずに済んだようでホッと息を吐く。

それからこっちに向かって来た二人に対峙する。

一人は帽子を被っており、手には長剣を構えている。もう一人の男は、それなりに高そうな黒シャツに身を包んでいる。

二人とも、まだ若そうだ。

そこそこイケメンだし……なんか、ムカつくな。

しかし俺を攫うように指示を出しておいて、俺を助けに来ましたって。自演にしても酷すぎる。

まあ、部屋に監禁されていた俺に、この二人が依頼人かどうかなんてわかるはずがないと考えているんだろうな。

「助けに来たの？　誰が……誰を？」

突然の展開に目の前の二人が思わず固まってしまったが、俺の問いかけにすぐに帽子の男が反応する。

「はっ、たまたまこの街を訪れていたらマルコ様が攫われたとのこと。怪しい男が出入りする建物があったので外で様子を窺っていたら、それらしい会話が聞こえたため乗り込んできた次第です」

「私どもは――「その紋章……マックイーン家のものですね」」

黒シャツの言葉を遮って、指摘する。

二人ともマントを羽織っているが、肩止めにマックイーン伯爵の紋章のついたボタンが縫い付けられていた。

マックイーン伯爵家か。確か以前一度他の領地のパーティで、当主がマイケルと話しているのを見たな。

結構しつこくマルコにも話しかけていたので、印象に残っている。

「ご存知でしたか！　でしたら話が早い。私達は貴方様の味方です。さあ、早くこの場から逃げましょう」

黒シャツが俺の手を引いて、床でうずくまる男から距離をとる。

「あやつめは、私がキッチリと始末しますので！」

さらに帽子男がそう言って剣を構えると、どうにか起き上がって体勢を整えようとしている男に向かう。

俺は黒シャツの手を振りほどくと、ゆっくりと男と帽子男の間に歩いて割って入り、帽子男を軽く睨むように見据える。

「あー、ご存知ですよ……貴方がたが、こいつらを使って僕を攫ったことは」

俺の言葉に、首を傾げる帽子男。

「な……何をおっしゃられているのですか？」

「私共はたまたま――「たまたま二ヶ月前に僕が狙われた時から付けていたと？」」

黒シャツの言葉尻を食って、さらに問い詰める。

話を途中で遮られたからか、黒シャツが少し苛立ったような表情を浮かべている。

「そう言えば、ギルドへ向かう裏路地で仲良さそうに話してましたよね？」

だが、すぐにその表情も勢いを失う。次々と言い当てられる事実に、二人とも声が出ないようだ。

二人から取り繕ったような笑みが消え、非常に面倒くさそうな表情を浮かべると、黒シャツが頭をガシガシと掻いて剣をだらんと下に下げる。

「あー……まずいな」

「プランBで行くか」

二人ともすぐに、気を取り直したらしい。どうやら、こういった場合の予定も考えていたのだろう。

そのプランBってのが、俺からしたら碌でもない予感しかしないのだが。二人が、こちらに向かって明確な殺意を向けてくる。

「坊っちゃん、逃げろ！」

そして空気の読めない男が若干一名。

折角二人ともこっちに意識が集中してるんだから、その隙にお前が逃げろと言いたい。

そして、外で助けを呼ぶくらいのことはすればいいのに。

逃がしてもらえるかどうかは別として、今は割と良いタイミングだったと思うのだが？

まあ、このまま目の前をちょろちょろされても邪魔になる未来しか見えない。

脇役はおとなしく寝てろ。

取りあえず男のお腹にもう一発蹴りを入れて、転がしとく。

「俺達は怪しい男を見つけ、アジトに乗り込んだが……そこには変わり果てたベルモント家の跡取りが」

「そして、その場にいた連中を全て斬り殺し、貴方の遺体を綺麗にしベルモント家へと届ける」

「涙ながらに間に合わなかったことを謝りつつも、賊は全て処刑したことを伝えたら多少は恩義に感じてくれるでしょうね」

唐突に、プランBを話し出した。

なぜ急に語りだしたのだろうか？　おそらく、確実に俺を殺せると思ったのだろうね。

それにしてもなるほど……目的がさっぱり分からん。

どうやら、ベルモントに恩を売りたいようだが。

「ということで、さようなら」

そして、黒シャツを着た男が剣を大きく振りかぶって斬りかかってきた。

脈絡のない言動に、演技掛かったものを感じつつも取りあえず落ち着いて対処する。

「【鉄の盾《アイアン・シールド》】」

その男に対して右手を突き出し、カブトを召喚する。

スキルのみの簡易召喚だ。

「えっ？」

一瞬背後に四本の力強い角を持つカブト虫の映像が浮かび上がる。

そして、目の前に展開される半透明の障壁。

カブトのスキルの【鉄の盾《アイアン・シールド》】だ。

黒シャツの斬撃を障壁は銀色の鈍い光を放ち受け止める。

衝突した場所が波紋を広げ、しっかりと衝撃を受け止めているのが分かる。

ただ直接手で支えているわけではないので、一切の反動はこっちに伝わってこない。

固さは鉄と同等だが支えるのに力が不要な分、物理的な盾よりもよっぽど優秀だ。

「【鉄の網《アイアン・プリズン》】！」

間髪入れずに、次の簡易召喚を行う。俺の背後に土蜘蛛の映像が、浮かび上がる。

土蜘蛛の四つの目が、黒シャツにロックオンされる。

そして彼女の持つ凶悪な顎が、相手を威嚇するように開かれる。

「ひっ！」

黒シャツがとてつもなく恐ろしいものを見たような表情で固まる。

それもそうだろう。自分を一口で咬み砕きそうな巨大な蜘蛛に睨まれたら、誰だってそうなるだろう。

そして、俺の右手から放たれる網状の糸が黒シャツの身体を絡めとる。

「折角のマルコのお楽しみを邪魔してくれたんだ。お前ら覚悟はできてるよな？」

俺は剣を抜いて、男達に向かってゆっくりと歩き始める。

「なんだこれは！」

「大丈夫か！　すぐに助け……なっ、ただの糸じゃないぞ」

身動きを取ることができず焦った様子の黒シャツに対して、帽子の男がこちらを警戒しながら近寄っていき網を引きちぎろうとする。

当然網はぴんと張りつめるだけで、切れる様子はない。

そうだよな、切れるわけないよな？　その糸の硬度は、鉄と一緒だ。

帽子の男は諦めることなく、黒シャツに絡まった糸を手に持った剣で斬ろうとしてそれもすぐに断念する。

そのまま頑張ったところで、刃がボロボロになるだけだと気づいたのだろう。

しかし、この期に及んで相方の名前を呼ばなかったのは立派だな。あくまでも、こちらに情報を握らせる気はないと。

こっちはもう、誰の差し金か分かってるのに。

「よそ見してていいの？」

「ちいっ！」

取りあえずゴブリンから回収した短剣の中で、状態がマシなものを取り出して帽子の男に斬りかかる。

流石は伯爵家の人間。不意打ち気味の一撃だったが、手に持った剣で簡単に防がれた。

「まずは、先に貴方から……なるほど、ただの子供じゃないみたいですね。流石はスレイズ侯の指導を受けているだけのことはある」

すぐに男が斬り返してきたが、防がれた時点でこっちは相手の間合いからは離脱している。

格上相手だ。どれだけ用心したところで、慎重が過ぎるということはないだろう。

それにしても俺のことよく知ってるな。

もしかして、うちの屋敷の中にスパイでもいるんじゃね？

トーマスとか……

＊＊＊

「くしゅん！」

「馬鹿野郎トーマスこの野郎！　本気で捜せ！　無事に見つけ出さねーと、俺らがマリア様に殺されるぞ！」

「すんません隊長……なんか、坊っちゃんが無事な気がしてきました。今頃俺の悪口言ってるような……」

「馬鹿なこと言ってねーで、次行くぞ！」

「はいっ！」

あー、トーマスには無理な芸当か。情報を正確に伝えられるかも怪しいし。

冗談はさておき。取りあえず、どうにかして目の前の帽子の男も無力化しておかないとな。

「やっぱり、まだまだ本物の騎士には勝てないか」

「六歳児が厳しい訓練を耐え抜いた私達相手に、まだ生きてるだけでも脅威ですけどね」

俺の嘆息に、帽子男が苦々しい表情で答える。

逆の立場でもそうだな。赤子の手を捻るとまではいかないが、それなりに鍛えてきた自負はあるのだろう。

＊＊＊

子供相手に一瞬で片を付けられると思うのは普通のことだ。

こっちはこっちで結構特訓頑張ったから、もしかすると簡単に無力化できるかなって思ったけどそんなに甘くなかったか。

だったら、本来の力で相手させてもらおう。ここなら、身内にバレることもないだろうし。

「大人のくせに子供相手に二人掛かりで、手加減抜きって酷くない？」

「二人掛かりで簡単にいかないような子供が、うそぶくな！」

「だからこっちもズルさせてもらおう……来い、キラーアントども！」

「えっ？」

次の瞬間、俺の右手からワラワラと蟻の大群が産み落とされる。

実際には召喚してるだけだけど、右手の掌から蟻がポトポトと地面に落ちてくさまは、さながら産み落としているようにも見えるからね。

「蟻？」

俺の右手から現れたのは、黒光りする凶悪な顎を持つ蟻達。

地面に降り立つと同時に凄い速さで帽子男に向かう蟻の大群に、一瞬訝し気な表情を浮かべるが即座に反応する。

足元に来た蟻を踏み付けて、そのまま靴の裏を地面に擦りつけるように捻る。

靴底でゴリっと潰しに掛かったのだろう。

「どういう仕組みか知りませんが、蟻を操るとか中々に奇怪なことをしますね。でもたかが小虫。こうやって踏み潰……えっ？」

余裕をもって俺と対峙していた表情が、すぐに違和感を感じたものに変わる。そして、次にその表情が苦悶に歪む。

すぐに足を引き上げるが、足の裏から赤いものが地面に滴り落ちている。

「痛い！　いたたたた！　足が！　足が噛まれて……えっ？　踏みつぶし……ぎゃあああああ」

「いや、やり過ぎ……」

あっという間に、床が真っ赤に染まる。

帽子男がその場で地団駄を踏みつつ悲鳴をあげている間も、次から次へと蟻が襲い掛かる。

そりゃそうだ。装甲が鉄なみに固くなってるのに、踏んだだけで殺せるわけがない。

足を上げた時に見たが、靴の裏にびっしりと蟻が喰らい付いてた。噛まれるっていうより、咬まれるって感じか？

すでに男の履いている靴に靴底なんてものは存在していない。

「もういいよ」

泡を吹いて倒れた帽子の男の足を見て、思わず顔を背ける。

相当悲惨な状態になっていたとだけ、言っておこう。というか……こいつらが弱いのか、俺の虫が強すぎるのか。

結論、今回の戦闘で分かったことも、鉄と虫の組み合わせは凶悪。

「さてと……」

「ひっ！」

まだ糸でくるまれただけで、無事な黒シャツの方に視線を向ける。

と同時に俺の足元に戻って来ていた蟻達も、俺と同じように一斉に黒シャツの方に向き直る。

彼からしたら、この蟻達は恐怖の軍団にしか見えないだろうね。しかも黒シャツの男は、今身動きが全く取れない状況。

この状態で蟻をけしかけられたら、どうなるかなんて馬鹿でも分かる。

感情のこもってない無数の凶悪な蟻の目に見つめられる人間の心境って、いったいどんなものだろう。

その表情を見る限りじゃ、逆の立場には絶対になりたくないが。

「話し合いの時間といきますか」

「……」

無言で首を縦に振る黒シャツにゆっくりと近づく。蟻達を引き連れて。

こらお前達！　カチカチカチと顎を鳴らすな。

黒シャツが恐怖で気を失ったらどうする！

蟻を管理者の空間に送り返すと、黒シャツを叩き起こす。

その目からは完全に光が失われていた。

取りあえず黒シャツに向かう前に、横で倒れている食事を運んでくれた男に近寄る。

そして左手を翳して、意識を失っている男を管理者の空間に送り込む。

どうやら、俺よりは弱いという認識で合っていたらしい。

「ひっ！」

目の前の男が急に消えたことで、黒シャツの男が怯える。

まあ彼からしたら、俺が左手で男を消し飛ばしたように見えたのかもしれないが、そんな物騒な消え方はしてなかったと思うのだけど。

「ひ……人が、消し飛んだ？　お前！　一体何者なんだよ！」

このまま尋問してもいいが、こいつらが正直に話しているかの判断に困るな。

平気で嘘を吐きそうだし。

となればやはり管理者の空間に送って、俺の部下にした方が確実な情報が得られるだろう。

「ひっ！」

俺が左手を翳すと、黒シャツが恐怖に顔を引きつらせて身をよじらせる。

いまだ蜘蛛の糸が絡まっているため、逃げることもできないわけだが。

「無理か……」

癪だが、基本的な能力としてこの男の方が俺よりも強いらしい。

俺の左手で吸収できるものの条件として、俺より弱いものという制限がある。

無機物に関してはその限りではないが。生き物だと、俺よりも強いと吸収ができないのだ。

そうだろうなと思っていたが、完全に拘束してるわけだしそれでもできるかなと思ったのだけど。

「両腕を切ってみるか？」

「そ……そんな！　話を聞くだけじゃないのか？　なんでも話すから、助けてくれっ！」

おいおい、俺を殺しに来ておいて自分は殺されないとでも思っているのか？　なんてご機嫌な奴なんだ。

確かにマルコの精神衛生上、殺す気はないが。

こうあからさまに、自分だけ安全地帯にいてこっちに危害を加えようという気構えが気に食わない。

両腕を切るというのも、穏やかな話じゃないがこれなら戸惑わずにいけるかもしれない。

「【鉄の鎌《アイアン・サイズ》】！」

「ひいっ、ぎゃあああああ！」

背後にカマキリの残影が現れるとともに、ヒュッという音が鳴る。そして、右手から鉄の鎌《アイアン・サイズ》が現れて男の右腕を切り落とす。

ラダマンティスのスキルによる鎌を、右手で簡易召喚させてもらった。

一瞬綺麗な断面が見えたあと、そこから血が溢れ出る。正直かなりグロくて、直視したのを後悔したが。

「うっ、くっ！」

必死で声を押さえているようだが、見ただけで痛そうだ。

すぐに吸収しようとしたが、一瞬だけ吸い込めそうな気配があったのに男が気合いを入れて抵抗すると不発に終わる。

「腕一本奪ったというのに、まだ個の能力で俺よりも強いのか？　流石にそれは凹むわ……【鉄の鎌《アイアン・サイズ》】」

次に左腕を切り落とすと、ようやく黒シャツを飛ばすことができた。

たぶん普通に戦っても、勝てると思うんだけどな。

少し能力の採点方式に関して、神様方と話をする必要があるかもしれない。採点基準はあの二人だろうし。

続いて……

「ぎゃあああああ！　なっ！　腕！　俺の腕！」

帽子男の方に向き直り、容赦なく両腕を切り落とす。

突如襲い掛かったであろうあまりの激痛に対し、気を失っていた男が目を覚ますと叫び声をあげる。

それもそうだろう。眠っているところに、急に両腕を落とされたんだ。

大人しくしろって言う方が無理だ。

あまりにうるさいので、そのまま帽子の男も管理者の空間に送り込む。

やはり多少の抵抗は感じる。ただそれも一瞬のことで、すぐに管理者の空間に左手を経由して転送されていった。

三人を追って、俺も管理者の空間に戻る。

代わりにマルコには身体に戻ってもらって、取りあえず大人しくしておいてもらう。

俺達が管理者の空間に戻るのと入れ替わりで、下から大きな声が聞こえてくる。

「この家からだ！」

「ここに、坊っちゃんが？」

「分からん……が、男の叫び声が立て続けに聞こえたんだ。何かしらの事件が起こっているのは間違いないだろう」

……少し騒ぎ過ぎたようだ。

優秀な誰かが、この家の様子を窺いに来たらしい。

まあそれならそれで、このままマルコを回収してもらえばいいか。

「なっ！　人が死んでるぞ！」

「こいつら、最近街をウロウロしてたゴロツキどもじゃねーか」

どうやら入口入ってすぐのところで、帽子の男と黒シャツの男が殺した実行犯の死体を見つけたらしい。

なんにも処理してなかったもんな。こういうところはずさん……ということもないか。

実行犯を殺した上で、マルコを助けるというのがこいつらのシナリオだったな。

「どうした！」

「あっ、ヒューイ殿！　この家から男の叫び声が聞こえ様子を見に中に入ったところ……」

ヒューイまで来てしまった。

どうするべきか……

マルコに誤魔化せるかな？

ああ、もう！

ついでにマルコの身体も、管理者の空間に送る。

マルコに任せるくらいなら、いっそ救出されない方がマシだと思ったからだ。

場当たり的な対応になってしまったことを不安に思いつつも、虫達にマルコの相手をさせる。

さてと……

「ようこそとでも言うべきか？」

「いえ、滅相もございません。お見苦しい姿で、申し訳ございません」

「我が君に働いた無礼、どのような罰もお受けいたします」

……

おーい！

強制的に吸収したものは俺の所有物になるって話だったけど、いきなりこの忠誠心が振り切った感じは流石にいただけない。

邪神様、聞こえてるかな？　貴方は、もっと常識的な方だと思ってましたが？

おっと……背筋に寒気が。

この威圧感は、善神様の方かな？　まあ、いっか。

「あと、一人寝てるのが起きないな」

「はっ？」

「この無礼者が！」

俺の視線の先には、さきほどまでせっせと世話をしてくれていたならず者の姿が。

それを見て、帽子と黒シャツが不機嫌そうな顔つきに変わる。

「ひっ！　いって！　あっ、お坊ちゃま、どうもです」

黒シャツに蹴り飛ばされた男が、頭を振って起き上がるとこっちを見て慌てて深く頭を下げる。

うん、ならず者は配下になっても口調がならず者っぽくてちょっと安心。

この二人の育ちが良過ぎただけか。

その二人に目をやる。

俺が切り落とした両腕の血は止まってるみたいだけど、傷口が痛々しい。しかも帽子の男の方は足の裏がグチャグチャになっているはずなのに、片膝ついて跪いてるし。

痛くないのかな？

「取りあえず、まずはお前達の怪我を治さないとな」

確かポーション類は普通のならあるけど、こいつらの場合は両腕の部位欠損だからな。

一緒に腕もこっちに来ているから、断面同士をくっつけてそこにポーションを振りかけたら治らないかな？

異世界の不思議傷薬だけど、どこの異世界産でも傷薬ってのは地球じゃ考えられない効果を発揮することが多いし。

「もったいのう……」

帽子男がそんなことを言っているけど、うん……もったいなくはないから。

折角の部下が、腕が無くて戦闘力皆無とかいただけないし。

「痛くなかったのか？」

「はっはっは、物凄く痛いですよ？　ですが至高の御身を前にすればその程度の些事、騒ぐほどのことではありませんから」

なるほど……

なるほど、なるほど……

こわっ！

この能力、こわっ！

両腕が切り落とされた状況が些《さ》細《さい》なことなら、この世のほとんどのことが気にするほどのことじゃないってことだよ？

従属解除ができるのが、今となっては何よりも幸いなことだと分かる。

部下がこんなのばっかりだったら、こっちの気が滅入ってしまいそうだ。


土蜘蛛が普通の糸で二人の腕を固定してくれたので、ポーションを振りかけてみる。

おお……痛々しい感じだけど、かろうじて繋がったか。

ポーション数本振りかけたら、ようやく完璧に腕が繋がった。

帽子の男の方は、タライにポーションを入れてそこに足をつけさせといた。

「部下思いの主を持って、俺達は幸せだな！」

なんてことを黒シャツに言ってるが、それやったの俺なんだけどね。

そこんとこは、気にしないらしい。

いや、気にしろ。


この能力間違いなく、独裁者になるよね？

従者には何しても、許されるってことだもんね？

それは、流石にいただけない。

たぶんだけど、俺が間違った方向に進みそうになったら神様がなんとかしてくれるでしょう。

というか、基本的にこの能力は人相手に使う時には慎重にならないとな。

異世界チートライフで縛りプレイをするつもりはないけど、人間相手に簡単にこの能力を使うといろいろと壊れそうだし。人に対する価値観とか、価値観とか、あと価値観とか。

「取りあえずお前達の名前は？」

「はっ、私はマーカスと申します」

帽子男がマーカスと。

「私は、ルーカスと申します」

黒シャツがルーカス……ややこしい。

「こいつは、私の弟でして……」

マーカスとルーカスは兄弟か……安易な名付けをする親もいたもんだ。

二人纏めて呼ぶときはカス兄弟と呼ぼう。

「俺は、ジャッカスです」

うん、ならず者の彼はジャッカスという名前か。なんか、とっても名前負けしてる感が。

いや、もういいや。

良い人っぽいけど、名前が悪人っぽくて、でもって大して強くないとか。

ブレブレの人生を歩んできただろうことが、窺いしれる。

「それで、なんで俺を狙ったの？」

「それは、この二人に命じられて」

「お前じゃねー！」

カス兄弟に聞いたのに、ジャッカスが答えたものだからつい怒鳴ってしまった。

「すいやせん……死にましょうか？」

「いや、死ななくていいから」

そしたら、神妙な面持ちで自刃をほのめかしてきた。

本当に、忠誠度合いがおかしいからね。

逆に打たれ弱すぎて、心配になるレベルなんだけど？

あとで、この辺りも神様に要相談だ。

あっ、最後に自己紹介したのがジャッカスで、そのままの流れで質問したから自分に聞かれたと勘違いしたのかな？

いやその辺りの空気を察する力を伸ばす方向に、従属できなかったか？　こう、俺の望むことに応える的な。

溜息を一つ。

気持ちをリセット。それから、マーカスの方に答えるよう視線で促す。

「はっ、それはマックィーン伯爵家当主、ドルア・フォン・マックィーンの命令です」

「うん、そうだろうね。その理由が知りたいんだけど」

「目的としましては、そこなジャッカス達にマルコ様を攫わせて救出することで、ベルモント家に大きな恩を売ることです」

「続けて」

「きゃつめは、マイケル卿からスレイズ卿に渡りをつけてもらい、第一王子のセリシオ殿下の剣術指南役に息子のエランドを推挙してもらおうと画策しておりました」

王族指南役に自分の息子をねじ込むために、うちに恩を売ろうとしたらしい。

ベルモント領とマックィーン領があるのは、シビリア王国と呼ばれるこの世界でも有数の国家だ。

現国王は、エヴァン・マスケル・フォン・シビリア。

ちなみに国王のみ即位する際に新たな洗礼名を貰えるから名前が二つになる。どうでも良いことだとは思うが、割と重要らしい。

王と王子には大きな隔たりがあり、王になるということは個人から国の象徴に変わるという意味で名前を授かるとか。

閑話休題。

シビリア王国国王エヴァン・マスケル・フォン・シビリア。

彼の剣術指南役はマルコの祖父である、スレイズだ。

王族の剣術指南役ともなれば、国内でも大きな発言力を持つことになる。

ただその役職だけでそこまでの影響が期待できるのかと言われると、いささかの疑問もある。子爵領の領主に過ぎなかった祖父が、侯爵と同等の地位まで上り詰めたのは王族の剣術指南役だからではない。

侯爵と同等の地位にまで剣一つでのし上がったからゆえの、王族の剣術指南役なのだ。

そもそも、そのドルアなんたらさんの息子のエランドが、そこまでの器なのだろうか？　その辺りを理解しているかは別として、実に下らない理由でマルコも狙われたものだ。

元をただせば、スレイズのせいともとれるな。

これは、後々スレイズに対してなんらかのおねだりをする際の、切り札にしておこう。

というかだ……逆に計画が露呈した今、これをスレイズに報告したらマックィーン家はどうなるのだろう？　その辺りの危険性を考えたりはしなかったのだろうか。

まあ良い、必要な情報はすべて出揃ったわけだし。

こいつらの処遇をどうしようか……なんていうか、ここまで妄信的な配下とか要らないんだけど？

今もキラキラとした目でこっちを見てるし。

「ご命令とあらば計画が成功したふりをして近づき、ドルアを消しましょうか？」

「そんなことしたら、マーカスもただじゃすまないよね？」

「はっ！　マルコ様を害しようとした私の身を案じてくれるとは……感激の極みです。ですが心配ご無用！　マルコ様の栄光の道への礎となれるならば、それに勝る慶福はありませぬ」

お……おう。鉄砲玉に喜んでなってくれると。

いや、それには及ばない。むしろ、そんなことで罪悪感を感じたくもないし。

でも何気に良いこと言った。

「よしっ、マーカスとルーカスはこのまま何もなかったことにして、ドルア卿の元に戻って。で、何かあった時のために情報を集めつつ、いざとなったらこっちに戻れば良いから」

「はっ！」

「御意に！」

堅苦しいから。もういいや。

普通に話してても疲れるし。

あとはジャッカスの処分だけど。

「坊っちゃん！　俺はどうしやしょう？」

こいつはこいつで、使い道がありそうだし。一応手元に置いておくか。

純粋な部下は一人もいないわけだし、裏の道に明るい部下がいるのっていろいろと便利そうだしね。

「お前は……家にはもう帰れないか。他に拠点とかないのか？」

「えっと、実家があるにはあるのですが……なんせ何をするにも要領が悪くあげく人の道まで外れてしまったので、疾に勘当されております」

なんだ。領内に家があるのか。

「それは、ベルモントの街の中か？」

「いえ、ビールスの村でさ」

あー、どこだっけ？　山間の方の村だったと思うけど。

となると、街に潜ませるのはちょっとことか。

「マーカスとルーカスって、お金持ってる？」

「はっ、申し訳ありません金貨で二枚ほどしか……」

「私も、手持ちは金貨三枚程度しか持ち合わせておりません……至高の御身への捧げものとしては、塵芥《じんかい》かと愚考いたしますが」

十分過ぎる……　金貨一枚でも俺の小遣い一年分だ。

羨ましい。

と思ったら二人の答えに、ジャッカスが言葉を失っている。

どうした？

「えっ？　依頼料は？　金貨一五〇枚……」

「申し訳ない。最初から口封じのために殺すつもりだったからな」

「そんな大金、俺達に持たせてもらえるわけないだろう」

そうか……端っから騙す気だったと。

ちょっと、ジャッカスが可哀想に思えてきた。

まあいいや。

「じゃあ、金貨一枚ずつジャッカスにあげて。で、ジャッカスはそれで家を借りて、当面の生活ができるようまともな仕事を探せ」

「「はっ！」」

「へいっ」

あー、ジャッカスの喋り方が、気安くて落ち着く。

「で、いろいろと裏の住人と繋がりもあるだろうから、そっちの繋がりは維持しておいてくれ」

「へい」

よしよし、スパイ二人と犬が一人手に入ったと思ったら、今回の誘拐騒ぎも悪くなかったな。

俺にとってはだけど。

問題は、どうやって戻るかだけど……

というか、魔王の脅威にさらされてるって割には、権力争いとか国同士で戦争とかって呑気な人達が多いよね。その辺り、どうなんだろう？

「そう言えば魔王とかって、今何してるの？」

「えっ？　ああ、あのいるかいないか分からない北の引きこもりですか？」

「引きこもり？」

「ええ、数百年前はそれなりに勢いがあったみたいですが、四つの塔型のダンジョンも今じゃ周辺に大きな街ができて、毎日冒険者がひっきりなしに攻略に勤しんでますからね」

「それでも攻略されないのは凄いですが、逆に攻め入ってくるほどの余裕もないみたいですよ」

「そうか……」

さすが世代をまたいでもいい、攻略対象。というか、この世界の人間が優秀なのか？

でも、着実に力は付けている様子。

付けているはず。

……付けているよね？

まあ、魔王のことは後回しにしよう。

取りあえず、最初の困難は回避できたと信じよう。

8　その後のマルコと虫達

「良かった！　本当に良かった！　もう、これからは屋敷から一歩も出さないようにしましょう！」

「マリア、それは……」

「もう、決めましたから！」

「お母さま？」

「なんですか？」

家に帰ってからが修羅場だった。

ちなみに、アジトだった家の捜索は終わった後だったので、そこから帰るのも不自然かと思い、家の近くに転移して普通に戻った。

捕まったところに襲撃があって、バタバタしてる隙に逃げ出したという苦しい言い訳が通用するはずもなく。マリアにしつこく根掘り葉掘り聞かれたが、俺の世話をしてくれていた人が、家が襲撃された際に縄を切って逃がしてくれたということを何度も訴え、マリアも訝し気ながらも納得してくれた。

どう見ても、してないっぽいけど。

俺がそのことをごり押しするから、仕方なく折れた感じだ。

代わりにその人を探して礼を言いましょうとかって言い出したから本当に焦った。

取りあえず俺を庇って背中を斬られたから、生きてるか分からないとは伝えておいた。

それでも、マリアは諦めてないみたいだ。


そして冒頭に戻る。

外出時の護衛を三人とマリアにすることで手を打つと言い出したけど、それに対してマイケルが凄く頑張ってくれた。

マリアがいたら護衛がどっちを守ったら良いか迷うということを、懇切丁寧に伝えてた。

それに対するマリアは、

「マルコは私が守ります！　ですから、護衛は私を守ったら良いのです」

本末転倒だ。その守りを俺に向けてくれ。

護衛が倒された時点で、詰むという点では一緒じゃないか。

思っても口は挟まない。

マイケルに任せる。

マイケルの歯切れが悪い。

案外悪くない意見なのか？

それでも彼の頑張りのお陰で、どうにか護衛四人なら良いかしらということに。

そして新たに護衛を二人、緊急で募集を掛けることになった。

そんなことしなくても、冒険者ギルドに依頼すれば？　と言ったら、もしかしたら冒険者の中にも賊に買われた人が紛れてるかもとか。

それ言い出したら、これから面接に来る人達にも当てはまるんじゃと言いかけて黙る。

藪蛇だ。自分で自分の首を絞めるような真似はしない。

＊＊＊

マルコ誘拐事件から二年の月日が流れた。

季節は冬。日本の暦でいくと、二月上旬頃にあたる。

この世界で一年が十二ヶ月、三六〇日周期だがそのことで不便に思ったことはない。

毎月三〇日ぴったり。

うるう年とかもないから、逆に地球よりも分かりやすくていい。

あれからいろいろとあったけど、マルコも八歳。マルコが生まれたのが五月だから、もうじき九歳だ。

そして九歳という誕生日を迎えるにあたって、人生の最初の分岐点に立っているらしい。

夕飯の団らん時に、マイケルがマルコに問いかける。

今までも、何度か行ったやりとりだ。

「マルコはどうしたい？　やはり父上のところから王都の学園に通いたいかい？」

「いやだわあなたったら、マルコは家から街の学校に通うに決まってるでしょ？」

進学問題だ。

四月から翌年の三月までに九歳の誕生日を迎える者は、学校に通い始めるのが普通らしい。

ただベルモント家ではマルコが地元の学校に通うか、王都の大きな学校に通うかということで今揉めている。

王都の学園にスレイズのところから通わせたい父マイケル。

マルコを手放したくない母マリア。

二人の静かなる争い――冷戦がベルモントの屋敷で勃発している。

いや、親が揉めるのはどうでもよいのだが。そもそもの決定権はマルコにあるわけだし。

「にーたま！　じーじのとこにいくの？」

弟のテトラがこっちを見て、キラキラとした目で聞いてくる。

二歳になったテトラは、覚束ないながらも言葉を喋れるようになった。

トテトテとよくマルコの後を付いて回る、可愛いお年頃だ。すぐにマリアに捕獲されているが。

兄弟仲は悪くない……と思いたい。

「行かないわよね？」

不意に、不機嫌な冷たい女性の声が投げかけられる。そう、マルコの母のマリアだ。

俺の第二の母親でもあるが、あまりそういった感情は湧かない。

少しマルコと離れすぎて、俺の中でマルコという人格が生む感情がかなり薄れている。

果たしてマリアのその質問に、いいえという答えは許されるのだろうか。

まあどっちの学校に通うべきかというと、俺としても世間一般の貴族の考え方としても王都の学校一択だろう。

地元の学校に通った場合のメリットは、まあ領主の息子だからね。権力的なものも含め、ある意味で学校のトップとして君臨できることだろう。

あとは、同世代の領民達とより密接な関係が構築できることかな？　知己を得ることもできるかもしれない。

そして、マルコには最大のメリットというか、ネックというか……スパッと選びきれない、難しい問題が二つもある。

それは置いておいて。王都の学校なら……まずは、純粋に教育のレベルが段違いだ。

生徒も一般から貴族まで一通り揃っている。

貴族の場合、王都に別邸を持っていることが殆どなので通学にも問題無いし、王都の学校には寮も用意されている。

上は王族から下は優秀な一般人まで様々な人種が集まるため、顔つなぎには格好の場所だ。

勿論優秀だとしても一般人には学費、寮費、生活費と経済的に厳しいものはある。

それを補うために完全学費免除の奨学金制度も用意されている。

奨学金制度は卒業後には三年間衣食住が現物支給で、小遣い程度の低賃金という条件の、国営機関に勤めることを条件に利用できる。

ただし最低条件として入試で平均点以上、期間ごとの試験で上位四割に入り続けないと即退学となるが。しかし中退したからといって、借金まみれになるわけではない。

軍隊の雑用や役所の下働きに就学期間と同じだけ、衣食住の現物支給で働かされるだけだ。

逆にそこからのし上がった者もいるので、入れるだけでプラスと考える者も多い。

経済的な理由で優秀な人材を埋もれさせるのは、国としても勿体ない。

あとは稀有なケースだけど、いわゆる村や集落で神童と称されるような子供はそれぞれの出身の村や町から寄付が募られることもあるとか。

もちろん返済義務はないが、帰郷が義務付けられているに等しい。

わざわざ優秀な子供に、高い金を払って高度な教育を受けさせるわけなので。

それなりのポストを用意して、村や町が手ぐすねを引いて待っている状況……いや違うか。

期待と希望を胸に、待ち望んでいるということにしておいた方が夢がある。

奨学金を利用するとその子はその後王都に召し抱えられるので、村としても指をくわえて優秀な人材を手放すわけにはいかないのだ。

それに王都の学校を出たというだけで就職を含め様々なことに有利に働くため、全ての面において通えるなら王都の学校に通う方が良い。

それはさておきこの国での一般的な国民は十二歳になると家の仕事を手伝いはじめることが多い。

このためシビリア王国では、九歳から十二歳までの教育を初等教育として一応の卒業の機会をそこに用意してある。

優秀な者や、金持ちの子供なんかはそこからさらに三年間学校に通う。

より幅広い専門的な知識を学ぶ場だ。

そこでの教育が主に国営のエリート出世街道を走るための下地になり、またそれ以外でも幹部待遇での就職が望める経歴ともなる。

ここは初等科に対して高等科と呼ばれ、そういった教育機関は王都にしかなく、地方の学校で学んだ者は高等教育を受けるためには編入をしなければならない。

だから最初から王都の学校に通っていた方が、いろいろと便利だと思う。

ただ、マリアのように子離れできない親も結構いるが、母親だけ子供に付いて王都に行く分にはまだマシだ。

中には手元から子供を離さない親とかもいる。

そういった家の子供は、可哀想だと思う。

現在進行形でマルコがそうなりそうなのだが、本当に困ったことだ。

テトラがいるから、マリアが王都に行くという選択肢はないし、それにこれでもマリアはマイケルにベタ惚れなのだ。

マイケルから離れるつもりもないので、マルコに残れと。

領主が領地を長期間離れるわけにはいかないからね。

ただ、マイケルとしては次期領主となるマルコに期待しているわけで、王都の学校に通ってもらいたいという期待がひしひしと伝わってくる。


どうするべきか。

俺としては王都の学校に通うべきだと思うが。マルコも悩んでいるらしい。

なんだかんだで九歳の子供並の精神性。親から離れるというのも、不安なのかもしれない。

そしてそれ以上に問題なのは愛するアシュリーと、天敵のスレイズの存在だろう。

これが実直なマルコの抱える、二つの問題だ。

まずアシュリーとは王都の学校に通って離れ離れになってしまったら、どちらかが心変わりしてしまうかもしれない。

初恋は実らないというし、それはそれで仕方ないと俺は割り切れるが、当事者であるマルコはそうはならない。

スレイズとの問題については、俺は上手くやっていけるだろうと思うし、学校を卒業するまでには彼にいろいろと鍛えられているだろう。良い意味でも、悪い意味でも。

俺が付いているから、本人も王都での暮らし自体には不安はなさそうだが。

それでも、純粋に親にまだ甘えていたいというのも分かる。

九歳の子供が親元を離れて学校に通うというのは、とてもじゃないが大変だと思うし。

ちなみに分離状態の俺は、マルコにとって頼れる兄からおじさん的ポジションに変わったらしい。いや、同一人物だけど。

マルコの成長に合わせて、意識を統合する時間も結構増えてきたはずなのだが。

意識を統合すれば、お互いしっくりと一人の人間として存在できるんだけどな。

別々の時は、割と俺に対しても甘えてくるのは可愛いというよりも、不思議な感覚でしかない。

＊＊＊

今年になってから、定期的に魔物を狩りに行っている。

二年の月日を経てようやく、自由に外出できるようになったからだ。

週に一度、ジャッカスとローズが迎えに来る。ジャッカスは表向きはギルドで知り合った先生の一人ということにしてある。

ローズは、本物の剣の先生の一人だけどね。

ジャッカスが俺と面識があることを違和感なくマリアに話すために、あの事件の後、彼には冒険者ギルドに登録してもらった。

三〇過ぎてからの冒険者登録は珍しいらしく、ギルドで他の冒険者にいきなり絡まれたりしてたが。

まあ、マルコの知り合いってことでそこまで大きなもめ事にはならなかったけど。

実力はいまいちだったので、取りあえず剣技は俺が教えた。

俺の先生役なのに、当時六歳の俺より弱いとか……

冒険者のこなす依頼に関しては虫達に手伝わせてランク上げもさせといた。

そのランクだが、A～Fまである。

もちろんAランク以上もあるが、そうそういるもんじゃない。基本的にはAランクが、ほぼ最高ランクの扱いだ。

その中で、ジャッカスの今のランクはD級。

まあ中の下くらいの位置取りだし、身元を保証する上でもある程度効果的なランクとも言える。ちょっとした富裕層の子供に武術を教える家庭教師に、ギリギリ雇用されるレベルとも取れる。

ローズは元々C級の冒険者なので、問題なし。それに見た目は純朴そうで、ジャッカスと違って悪い人には見えないからね。

なので、ジャッカスとローズが迎えに来ると三人で出かけることができる。

ジャッカス自身悪人面ではあるが、うちに来るときは綺麗な服を着て、努めて礼儀正しく振る舞っている。

前はボサボサだった髭も今は綺麗に切りそろえ、髪の毛もオールバックでなでつけさせている。眉毛も手入れさせて、ついでに歩き方まで矯正した。

最低限の教養ある冒険者に見えなくもない。

そして、できるだけ柔らかな声で話をするように、叩き込んだ。

これらの血の滲むような努力の結果、マリアの信頼をどうにか勝ち得ることができた。

チョロい。と言いたいところだが、ここまで来るのに一年以上費やしてようやくだ。

長かった。


最初の外出の時も一筋縄ではいかなかった。

初めての、完全に家から離れた外出にウキウキ気分のマルコ。

俺もだが。これで、ようやくいろいろなことが試せる。

と思っていたら、こっそりとトーマスが付いて来ていた。

尾行が下手くそ過ぎて、すぐに気付いた。

ローズに声を掛けさせたら、偶然を装って無難に二言、三言、言葉を交わしてた。

しれっと口説いていたので、俺が優しく微笑みながら手帳に何か書き込むふりをしたら慌てて去っていったが。

これで安心と思ったら、遠く離れた角からひょこっとヒューイが顔を覗かせる。

あれか。下手くそな尾行をわざと見つけさせて、油断させて本命を隠す作戦か。

母上、過保護が本気過ぎませんか？

今度はジャッカスに気付かせると、ヒューイが驚いた表情をしていた。

まあ、お陰でジャッカスの評価の方は、かなりの上方修正が入ったようだけど。

元々チンピラだけどね。今じゃ、俺の忠実な僕。

そんなこんなで、初めての外出は背後を気にしながらの街の散策で終わってしまったのは苦い思い出。今じゃ、二人が迎えに来たら普通に出歩くことができるようになった。

「坊っちゃん、腹減ってないですか?」

「いや、大丈夫だけど?」

「お手洗いは済ませてきましたか?」

「……」

ジャッカスは初めて会った時と言ってることが、ほとんど変わらない気がする。ローズが微笑ましいものを見るような目で、ジャッカスを見ているのが少しもやっとする。

昔俺を誘拐した野党の一味だって教えてやったら、ローズはどんな顔するかな?

いや、物理的にジャッカスが死にかねないからやめとこう。

こう見えて、ローズはマルコがお気に入りだ。

かなり可愛がっている。というかギルドの先生方はもれなく、マルコが大好きなのだ。

マルコ誘拐事件の後に、普通に数人の先生方が護衛の面接に来るレベルで……もちろん、いろいろな事情で落とされてたけど。

で、ジャッカスが住んでいる家に着くと、俺とジャッカスの二人は管理者の空間に移動する。

ローズは見張り役。

ローズには、俺の能力の秘密は教えてある。ついでに言うと、一度管理者の空間に連れて行っている。

本人の意思が伴えば、連れていくことができる。その場合、従属の契約は結ばれないことが分かった。

一安心。

ローズが少し残念そうだったのが気になるといえば気になる。

で、なんのために管理者の空間に移動するのかというと……

神殿にあるタブレットぽいインターフェースを操作して、神殿の中央に地図を呼び出す。

その中から、西の大陸を選ぶ。

今さらだが、シビリア王国はこの世界に五つある大陸の一つ、西のセーラ大陸にある。

セーラ大陸には他にも三つの国があるが、それは置いておこう。

中央の大陸にこの世界の宗教の最大派閥、善神様を信仰するシュトーレン教の聖地がある。

厳密にいえばシュトーレン教が聖地に聖都を構え、そこを中央の国と定めたために位置的にセーラが西の大陸になっただけで、地球ならこの国の地図の中央はセーラ大陸だろう。

まあ、数百年続く形なので今更、変えるのは無理だろうけどね。

なぜ地図を取り出したかというと、それは、神様がくれた便利機能を使うのに必要だから。

そう、転移機能を使って素材集めをするためだ。

思ったより、配下の虫達が強い。だから、少々の無茶がきくということは分かった。

少しは強い魔物が出てくる場所でも問題ないし、強い魔物の方が良い素材が手に入るからね。

ちなみに外出できない間、俺は俺でいろいろとこの空間内で実験を重ねていた。

結果として、虫達がより凶悪になってしまったことだけは確かだ。俺にとっては、懐いてくれているので可愛いけど。

主力となるメンバーだけ再度確認しておこう。

まず従者筆頭のカブトだが。

名前　：カブト
種族名：森の蟲王《グランディオスビートル》（変異種）
スキル：鉄の槍《アイアン・ランス》
　　　　鉄の盾《アイアン・シールド》
　　　　筋力強化《マッスル・ブースト》
　　　　魔素空間《マナ・プール》
　　　　超回復《セルフ・ヒール》

見た目は体高が七〇センチ、全長が二メートル近くになっている。角も上下に二本、左右に二本、さらには頭部の後ろに上に向かって湾曲した幅広の短い角が増えた。

本人の希望通りの進化だろう。

新しい角を背もたれにして、左右に伸びた角に足を掛けて乗ることができるようになった。

その状態で空も飛べるのだが、安定のある飛行に油断していたところ、急加速されていきなり振り落とされたので肝を冷やした。

空中で捕まえてくれたので、大事には至らなかった。

しばらく飛ぶときは、六本の足でガッチリと捕まえられるという形になったが。一応、革のベルトを角に巻き付けることで解決した。

アクロバット飛行の際は、足でガッチリホールドされるけど。

ちなみに【魔素空間《マナ・プール》】は、主に俺に魔力を供給するためのものらしい。

魔石を食わせてから、しばらくして顕現《けんげん》した。

まあ、今のところマルコは魔法が使えないが。


そして次がラダマンティス。

名前　：ラダマンティス
種族名：死を運ぶ鎌を持つ者《ヘルティック・ラダマンティス》（変異種）
スキル：鉄の鎌《アイアン・サイズ》
　　　　真空刃《ソニックブーム》

敏捷強化《スピード・ブースト》
超回復《セルフ・ヒール》
威圧《ハイプレッシャー》

こちらも全長が二メートルを超える、大型種になってしまった。

こっちは背中がシュッとしてて乗りやすい。触角を掴むのを嫌がるので、一応首にベルトを巻いて手綱みたいにしてるが苦しくはなさそうだ。

ちなみに【超回復《セルフ・ヒール》】は冗談でポーションを素材にしたら覚えた。なので、一応虫達には基本的にポーションを合成している。

一応飛ぶことはできるが、カブトと違ってそんなに上手じゃない。

今度、鳥の羽を合成してみようかと検討中。


最後が土蜘蛛。

名前　：土蜘蛛
種族名：不可避の追跡者《デス・ストーカー・スパイダー》（変異種）
スキル：鉄の網《アイアン・プリズン》
猛毒付与《ラスト・ポイズン》

土操作《クレイマン》
鉄網加工《アイアン・ファブクック》
超回復《セルフ・ヒール》
威圧《ハイプレッシャー》

なかなかに、強力なスキルを使う。

全長は一メートル五〇センチほどと他の二体に比べて小ぶりだが、左右も同じくらいあるため大きく見える。

糸を使って森を飛ぶように移動できるが、俺を運ぶ際は糸でぐるぐる巻きにされる。

背中に乗ってみたが、お互い安定性が悪かったみたいでこの形に落ち着いた。

でもって、身体に括りつけられる。一番安定感のある移動方法だが、いろいろとキツい。

というか、普通に乗り物酔いみたいになる。


ちなみに、蝶にポーションを合成したら、癒しの鱗粉《ヒール・スケーレス》というスキルを覚えた。これが、結構重宝する。この鱗粉を振りかけられると、少々の怪我ならすぐに治る。

他と違った進化をしたあたり、やはり素材との相性や親和性も重要なのだろう。

蟻や蜂、百足達もそれなりに進化している。しかも、蟻と蜂に関しては女王種に素材を食わせたら、それに合わせて他の連中も進化するというお得仕様。

これは、嬉しい。

そんな家来達を伴って、最近ではもっぱら西の大陸でもそこそこ危険なハベレストの森に出掛けている。

安全のために森の入口近くで巨大な蜥蜴や、大きな牙を持った猪をメインに狩っているが、主に進化した虫達が新しい身体に馴染むための訓練を兼ねてのことだ。

ついでに、森で狩った獣の牙や爪などを持ち帰っているが、そろそろもっと森の奥に入っていってもいいかもしれない。

ここには地竜といった硬い鱗を持つ巨大な蜥蜴や、魔狼と称される魔法を使う狼なんかの群れもいるとのことだし。

今までのこいつらの戦いぶりを見てる限りたぶん、大丈夫だと思う。

9　蟲の王

ハベレストの森の奥地、村と呼ぶにはためらわれる集落がある。

そこに集落があるということは、国からは認識はされている。

ただ、国として管理するつもりもないため、そこで生活することを容認している状態。

原始的な生活を営み、狩りと採取に頼って生きている者達。いわゆる、原住民と呼ばれる人達だ。

彼等と取引をしても国には得られるものはなく、かといって通貨も存在しないその集落に訪れる商人はいない。

国としても放置を決め込んでいるため、この集落に対し徴税といったこともしない。

むしろ税を取り立てに行くだけでも、それなりの経費が掛かる。

周辺の魔物の強度。

そして、森の奥深くという立地。

こんなところに行政官を派遣するくらいなら、街で机にしがみ付かせて他の仕事をやらせた方がいい。

地図には載っているが、それでも徐々に市井の人々には忘れ去られていった。

行政に携わる者達ですら、そんな場所もあったなといった認識程度しかない。

忘れ去られていった集落。

誰からも干渉されることのない、平和な秘境の集落。

その集落に、破滅の足音が近付いていた。

普段であれば、狩りの対象となっている魔物。

当然そこに暮らしているのだから、その集落の戦士達は準備さえ整っていればその辺の魔物に後れを取ることはない。

そんな彼等が狩っていた魔物の一種。

この場所で魔物の中で最強の名を欲しいままにしてきた地竜と呼ばれる、大型の蜥蜴。

固い鱗と、鋭い爪、さらに強靭な顎を持つやっかいな魔物ではあったが、戦士達はそんな竜もどきですら狩って帰る。

様々な病原菌を持っているため、咬まれたら命の保証はないが、その集落の者達はそんな蜥蜴を相手に長いことこの地で暮らしてきているのだ。

それなりに抗体も付いていた。


だがアレは違った。


戦士の槍は鱗に傷一つつけることはできなかった。

その爪を受けたものは、文字通り身体が引き裂かれた。

病原菌なんて関係ない。

その牙を受ければ、身体を食いちぎられる。

物理的に、死ぬのだ。


それを発見したのは偶然だった。

集落から離れた場所で、木々がへし折られているのを見つけた戦士が周囲を探索し、そして地面に横たわるソレを見つけた。

通常の地竜が一メートル五〇センチから、大型のもので三メートルほどなのに対し、それは全長が優に五メートルを超えていた。

地竜は夜行性のため、彼等が見つけたそれは深い眠りについているようだった。

即座に仲間を集め、地竜に槍を突きたてる。

その時集まったのは五人。

そして無事に戻って来たのはただ一人。

地竜すら狩る戦士が五人掛かりで挑み、生存者は一名のみ。

規格外。

全ての槍を、その竜の持つ鱗は簡単に拒んだ。

鱗に叩きつけられた槍の衝撃で目を覚ましたそれは、ゆっくりと瞼を開き見つける。

彼を取り囲む新鮮な餌を。

大地を揺るがすような咆哮。

鬱陶しい小虫を払うかのように、振るわれる尻尾。

それだけで三人が戦闘不能に陥った。

助かったのはこの三人のうちの一人。

もっとも遠くに飛ばされた者。

なんでこんなところで寝ているのだ？

その一人はいまだ意識がはっきりとしない頭を振りながら、周囲に目をやる。

全身が痛みを訴えている。

何かを咀嚼する音が、耳障りだった。

徐々に視界が鮮明になっていき、それが目に入る。

食事を楽しむ巨大な地竜。

その光景を見ると同時に、意識が一気に覚醒し、そして恐怖が襲ってくる。

慌てて、その場を離れようと後ろに下がる。

足元でパキリという音が鳴る。

冷や汗が頬をつたり、身体が硬直する。

一瞬、彼の方に目を向けた地竜だったが、すぐに興味を失うと目の前の肉塊に喰らい付く。

それは、先ほどまで、一緒に歩いていた者達。

それは、笑いながら、まだ見ぬ狩りの成果を楽しそうに予想していた仲間達。

その友たちの変わり果てた姿。

悲しみも、喪失感も感じない。

あるのは、ただただ恐怖のみ。

見逃された。その事実に、戦士としての矜持はへし折られた。

逃亡者。

臆病者。

失格者。

それらのレッテルを貼られることを分かっていてもなお、彼はその場から逃げださずにはいられなかった。

里に知らせないと。

その一心で。

すぐに対策を……いや、もう集落は捨てるしかない。あそこは、奴の進路上にある。

アレの背後には、道が作られていた。

木がへし折られ、草が倒され、邪魔なものを無視して進んで来たのが分かった。

その道が集落に向かっているのはただの偶然かもしれない。

だが、奴は人の肉の味を覚えた。

人の臭いを覚えた。

ならば、これからは確実に里に向かうだろう。

伝えねば。

逃げねば。

里が亡《ほろ》ぶ。

子供達が……女達が……死ぬ。

痛む身体に鞭を打って、急いで集落に戻ったのだった。

＊＊＊

「クレバーウッドよ、安心してほしい。奴はこの俺ドラゴンファングと、弟のドラゴンクロウが引き受ける」

集落の奥にある、少し大きな藁葺の家。

そこで、老人の前に二人の屈強な若者が膝を付いて頭を下げる。

囲炉裏の火がパチパチと弾ける音が、静かな部屋に妙に響く。

「あのシルバーウルフが、臆病風に吹かれる相手だぞ？　やれるのか？」

老人には凡そ似つかわしくない、強靭な肉体を持った男性が目を細める。

立派な髭を蓄え、手には捻じれた杖を持っている。

老人の値踏みするような視線に対して、正面の男は強い意志を持った瞳で返す。

「この村から遠ざけるくらいなら」

が、出て来た言葉は消極的なものだった。

ここは倒してみせる！　と言い切ってもらいたかったのだろう。

表情を和らげ、鼻で笑う。

「俺達二人が、あの五人と比べてそこまで勝っているとは言わない。だが、里では最強だ」

確かに目の前の男は、この里で一番強い。

その体躯は二メートル近くあり、肉弾戦において他の追従を許さない。それでいて、魔法まで使える。

彼が知るここ数世代で見ても、三本の指に入る戦士だ。

「ゴッドウォーリアよ……死ぬか？」

この里で最強の戦士に与えられる称号。神の戦士を意味する、ゴッドウォーリア。

その栄誉ある称号を持つドラゴンファングに対して、村の長が問いかける。

「おそらく……」

里で最強の男が死を覚悟して、村から遠ざけるのが精一杯と言っているのだ。

もう少し驕ったところで、誰も何も言えない力を持っている。

それだけの力を持ちながらも、自身を過大評価することなく的確に状況を判断できるが故に分かる。

族長であるクレバーウッドに対して、遠回しに状況は絶望的だと伝えているのだ。

「通常の倍の身体を持つ地竜だ……強さは倍と言わぬだろう。そして、村でも上から数えた方が早い五人のうち四人が……いや、シルバーウルフも戦士としては死んでいる。文字通り全滅だ」

「ふむ……では、お主らも共に逃げるか？」

「どこに？」

「大地を統べたつもりの、傲慢な者達に助けを求めるのも一つの手じゃが？」

クレバーウッドが言っているのは、シビリアを名乗る者達のことだろうとドラゴンファングはすぐに判断する。

それは脈々と受け継がれてきた、伝統ある生き方を全て捨てると言っているのと同義だ。

彼等には街に住んで生活するだけの知恵も常識もない。

悪手だ。

どうせ良いように騙されて、こき使われるのが目に見えている。

下手をせずとも、普通の生活すら望めない。

そもそも、街での暮らしに馴染めないから、いつまでも森の奥深くで原始的な生活を送っているのだ。

そんなことは認められない。

もちろん、クレバーウッドもそんなことは分かっている。

分かってはいるが、集落の長という立場にいる彼をもってしても、今ここでこの二人を失うのは惜しいと思わせたのだろう。

その族長の言葉に対して、若者は無言で首を横に振るのだった。

「分かった……じゃが、できれば生きて帰れよ？　頼んだぞドラゴンファング、ドラゴンクロウよ」

族長に見送られて、二人が里を後にする。

二度と帰ることはできないと知りながらも、その足取りは強く堂々としたものだった。

その背中を見て、族長は深く溜息を吐いた。

＊＊＊

「良いのかクロウ？　お前は別に里に残っても良かったんだぞ？」

「ああ、確かに今度の相手は強敵かもしれないが、兄者と二人なら生き延びる目もあるかもしれないだろ？」

弟の言葉に、ファングが苦笑する。

そんな可能性は万に一つもないことは、二人とも百も承知だ。

今回の作戦はシンプルだ。

寝込みを襲って、両目を潰す。

いやできれば殺してしまいたいところだが、残念なことに歴戦の戦士たるシルバーウルフが敵の戦力を見誤ることはない。

彼が持ち帰った情報からすれば、この二人でもその身体に傷は入れられないかもしれない。

五人もの戦士が挑んで誰一人たりとも鱗の一枚を剥ぐこともできなかったのだ。

柔らかいところを狙うしかない。

手傷を負った地竜は、相手が自分より格上でない限り地の果てまで追い続ける。

だから地竜の目を奪ったあとは、ひたすら里と反対の方向に逃げ続けるだけ。

そんな単純だが、最も効果的ともいえる作戦をもって臨むのだ。

帰ることはできない。

森の奥に二人で、ひたすら突き進む。

たとえ地竜を相手にしてなくても、生き延びることは絶望的だろう。

まあ死ぬまでに一秒でも長く、一歩でも遠く里から離れるという強い意志を持ってはいるが。

そして、目的地に着く。

鞴《ふいご》を鳴らすような音が聞こえてくる。

おそらく目的のそれは、四人の戦士を食って腹も膨れたのだろう。

「気持ちよさそうな、寝息を立てやがって」

ファングの横でクロウが苛立たし気に呟く。

唇に人差し指を当てファングを黙らせると、なるべく音を立てないよう草木を掻き分け鼾《いびき》のする方に向かう。

開けた場所。そこに横たわる、巨大なソレを見て思わず息を飲む。

「で……でかすぎるだろ」

弟の正直な感想に、ファングも思わず頷く。

想像以上。これに挑んだというだけでも、シルバーウルフ達は賞賛に値する戦士だった。

そう思わずにはいられない。

地面に広がる血の跡を見て、ファングもウルフも顔を顰める。

彼等は少し乱暴ではあったが、気の良い仲間達だった。

その仲間達が今となっては、骨すらも残っていない。

沸々と怒りが沸き上がって来るのを、二人ともが努めて抑えると地竜をじっと見据える。

眠っているのに、感じる強烈なプレッシャー。

近付くことすらも拒む、森の王者の風格。

だが、やれる。やるしかない。

無言で顎をしゃくると、クロウがゆっくりと移動を開始する。

巨大な地竜の頭を挟むように、両側から近付く。

「【風の刃《ウインドカッター》】!」

ファングが手を翳し、魔法を放つ。

真空の刃を作り出し、相手を斬りつける魔法。

掌から放たれたそれは、地竜の顎の下あたりに着弾し土ごと頭を弾く。

直接ダメージを狙ったわけではない。

そもそもそんなもので傷を入れられるなら、戦士の槍でも傷は入る。

突然顎に襲い掛かってきた衝撃に、顔を持ち上げ目を見開く地竜。

その目に向けて、二人が同時に突きを放つ。

寸分違わず瞳に向かって放たれた槍は、音を置き去りにして瞳にせまり……瞼に阻まれる。

「瞼まで硬いのか！　だがっ！」

即座に手に持った槍を寝かせて、瞼の隙間にねじ込んだファング。

手ごたえは浅い。

瞼に挟まれたことで槍の勢いは止められたようだが、刃を血が伝っている。

瞳に傷は付けられたようだ。

「クソッ！　失敗だ！」

地竜の頭を挟んで反対側から聞こえてくる、弟の苛立った声。

どうやら、あっちは失敗したらしい。

「グアアアアアア！」

地竜があまりの激痛に雄たけびをあげる。

直後手に持った槍が凄い勢いで、何かに引っ張られる。

慌ててファングが槍から手を離す。

地竜が瞼で槍を挟んだまま、首を大きく振ったのだ。

「クッ！」

クロウが転がるように、地竜の影から出てくる。

「片目だけでも上等だ、逃げるぞ！」

ファングの言葉にクロウは申し訳なさそうにしつつも、村と反対側に一直線に二人で駆け出す。

「すまん」

「【岩石弾《ロックショット》】！」

置き土産とばかりに、クロウが大きな石の散弾を地竜にぶつけて駆け出す。

一瞬の足止めにはなったらしい。

地竜は突如顔にぶつかってきた石の塊に、何が起こったか把握できずに固まる。

すぐに状況を理解する。

攻撃されたのだ。目の前を走る二匹の生き物に。

先ほど美味しく頂いた、餌の仲間と思われるそれらに。

しかも傷まで入れられたのだ。

そのプライドは大きく傷つけられた。

「ギャアアアアア！」

怒りに飲み込まれ、再度最大級の咆哮を上げる。

二人が思わず止まりそうになる足に、思いっきり力を込める。

そして、負けじと叫ぶ。

「「うおおおおお！」」

気迫と気合で、プレッシャーを跳ねのけ全力で走る。

無論巨大な蜥蜴が、人より遅い道理はない。

だが、彼等は魔法を使う戦士。敏捷を強化し、魔法で足止めしつつ森の奥へと走る。

通り抜けた木々も障害物となって、多少は蜥蜴の速度を遅くする。

徐々に差が広がりつつあることに、二人は安堵しながらも足は緩めない。

「ググッ！　キャアアアアアアア！」

だが、次の瞬間に予期せぬことが起こる。

地竜が今までとは異なる甲高い音の雄叫びを上げた瞬間に、背後から強烈な衝撃が二人に襲い掛かる。

地面を転がりながらも、即座に体勢を整えて背後を振り返るファング。

そして見る。

螺旋状に捩じり倒された木々を。地面に押し付けられるように潰された草草を。

「ブ……ブレスだと！」

「これは、予想以上に……」

そこまで口にして、固まる。

少し離れたところにいた地竜が、上空に跳んだのだ。

翼があるわけではない。純粋に四本の足が持つ脚力だけで。

「まずい！　散れ！」

「おうっ！」

すぐに二人が離れるように、両横に飛ぶ。

そして、地面を揺るがす爆音とともに巨大な影がその場所に降ってくる。

大量の土埃が、辺りを舞う。

自分を挟むように困惑の表情を浮かべる二匹の餌を見渡し、地竜が笑ったように見えた。

「ぐはっ！」

「クロウ！」

そして、地竜の顔に意識を集中していたクロウに、死角から尻尾が襲い掛かる。

その場から、弾きとばされるクロウ。

助けに向かおうとしたファングが、即座に足を止める。

見ている。

嬉しそうに地竜が、ファングを見ていたのだ。

奴は知っている。

いまだドクドクと血が流れる自分の左目を奪った相手を。

まだ立ち上がれずにいるクロウではない。

そう、地竜は完全にファングを標的にしたのだ。

＊＊＊

無理だ……これでは完全に無駄死にだ。

それでも、ファングは最強の戦士だった。

「うぉぉぉぉぉ！」

纏わりつく死の気配を振りほどくように、大きく叫ぶと腰の剣を抜く。

本来は槍の使い手だが、剣を使わせてもそれなり以上。

さらには魔法もある。

こうなったら、少しでもダメージを与えてやる。

そう決心し、石の礫を飛ばし、風の刃《ウィンドカッター》をぶつけ、剣で斬りかかり……吹き飛ばされる。

地竜の咆哮一つで。

木に身体を強く打ち付け、吐血する。

骨が折れたのが自分でも分かる。

どうにか立ち上がるが、身体に力が上手く入らない。

それでも剣を向ける。

最後まで戦って死ぬ。それが、戦士だ。

死ぬ瞬間まで睨み付けてやる。

そう決心し、迫りくる地竜の顔目がけて剣を振り……剣はあっさりとその牙に噛み砕かれる。

「兄者！」

「起きたか！　ならば、里に走れ！　長に俺は失敗したと伝えろ！　そして逃げろと！」

ようやく体勢を整えた弟に視線を送り、逃げるように叫ぶ。

「できるかよ！」

「できるできないじゃない！　やれ！　今なら言える！　シルバーウルフは真の勇者だっ」

最後まで言葉を発することなく、大きな手で地面に叩きつけられる。

「くそっ！　今行く！」

「く……来るな……」

肺を潰され、喋ることもままならない状況でどうにか出た言葉。

その言葉を聞いても突っ込んでくる弟を見て、こんな状況なのに笑いが込み上げてきた。

馬鹿な奴め……まあ、俺でも同じことをしただろうな……

そんなことを考え、思わず嬉しさを感じつつ目の前の敵に視線を向ける。

そして、気付く。迫りくる地竜の頭に、突如として影がかかったのを。

何かいるのか？

些細なことだが、妙に気になった。

その影に気付いた直後、上から聞こえてくるこの場に似つかわしくない、少女のような高く幼い声。

「大物、発見！」

子供の声だと思われるそれは、地竜の頭の上から聞こえてきた。

「えっ？」

弟の間の抜けた声が聞こえる。

なんだというのだ。

金属がぶつかる音が聞こえる。

誰だ？

「固い！　固すぎるだろう！」

こっちを見ていた地竜が、背後に首を回す。

「おっと、先客がいたのか」

地竜の背中から転がり落ちて来たのは、十歳にも届かないだろう小さな男の子だった。

綺麗に切りそろえられた金髪、青い目。そして、上等な衣服。

あまりにも場違いな乱入者に、ファングの薄れかかった意識が少しだけ戻る。

「おいっ！　小僧！　逃げろ！」

クロウが子供に向かって叫びながら、駆け寄ってくるのが分かる。

いまだ身体を爪で抑えつけられ、周囲がよく見えない。

シュッという風の音が聞こえる。

地竜が尻尾で攻撃をしたのだろう。

「き……消えた？」

だが、地竜のその攻撃は空を切ったらしい。

弟の言葉でしか、状況が分からないことがもどかしい。

不意に体が軽くなる。地竜の足が俺からどけられたのか。

とはいえ、満身創痍で当分起き上がることもできそうにない。

弟に対して話しかけようとしたが、口からは言葉の代わりに鉄臭い液体が零れ落ちる。

これは……もう無理だな。致命傷だ。

半ば生存を諦めかけた時、耳元で声が聞こえてきた。

「あー、酷い怪我ですね」

子供のような、あどけなさの残る声。

この場にあって、妙に呑気な印象を受けるイントネーション。

「グッ」

誰だと問いかけたかったが、返事すらできない。

霞む景色の中に、先ほどチラリと見た子供の輪郭だけが浮かび上がる。

「取りあえず、キュアバタフライさん達お願いね」

子供が右手を振ると、何かが飛び回るのが分かる。青い光を振りまきながら。

その光を浴びると、急速に体から痛みが引いていく。

意識もすぐにはっきりしてきた。

見たこともない綺麗な蝶が、青く光る鱗粉を振りまきながらその場で旋回し子供の傍へと帰っていく。

ひどく幻想的な光景に、思わず天の国へと迎えられたのかと思ってしまいそうなほどに、蝶を纏った少年が美しく見えた。

「あれっ、貴方達の獲物ですか？」

そんな光景を生み出したにもかかわらず、のんびりとした子供の質問に思わず呆れてしまった。

どう見ても、今は俺が獲物だったと思うのだが。

「いや……見ての通りだ」

俺の答えに、子供が首をコテンと傾げる。

くそっ。言葉で言わせせんなよ。

「里から離すために挑んだが……この様さ……、お前もとっとと逃げた方がいい。あれは、強すぎる」

俺の言葉をどう受け取ったか知らないが、目の前の子供は無邪気に笑ってみせた。

「じゃあ、僕が貰ってもいいってことですね？」

言っている意味が分からない。

こいつは俺の言葉を、聞いていなかったのだろうか？

「兄者！　大丈夫か！」

すぐに弟が駆け寄り俺に手を貸そうとしたが、それを手で制すとスッと立ち上がる。

どういった手品か知らないが、完全に傷が塞がっている。

流した血の分、少しけだるいが。

「ああ、どうや……んっ、ちょっと、待て」

喉に込み上げてきた血を地面に吐く。

内臓のダメージもどうやら、完全に治ったように思える。

「この蝶達のお陰で、傷は治ったらしい」

「そうか……良かった」

脅威でしかない巨大な地竜を相手にしているというのに、弟からはどこか余裕が感じられる。

いやそれ以前に、どうして地竜がこちらに攻撃を仕掛けてこない？

不思議に思って地竜に目をやる。

「なんだ……あれ？」

今日何度目か分からない、驚愕の状況にまたも目を見開くことになった。

視線の先で馬鹿みたいにデカい甲角虫が、地竜と対峙しているのだ。

これ以上の脅威とか、いらないのだが。

こんなのどっちが勝っても、その後に里が襲われたら亡ぶだろう。

目の前で地竜の爪をものともせず、体当たりをする甲角虫。

まるで丸太同士を激しくぶつけたような、巨大で鈍い音が空気を震わす。

見たこともない巨大な甲角虫は立派な角を地竜に向けて突き出している。

その角を嫌がるように地竜が爪で払いながら距離を取ろうとしているが、すぐに詰め寄られる。この虫、戦い方が妙に上手い。

今のうちに、子供だけでも避難させなければ。

「いや、それよりもこの子を連れて逃げない……あれっ？　いない？」

弟に子供を連れて逃げるように頼もうと、ふと横を見るとさっきまでそこにいたはずの子供がいなくなっていた。

「兄者……あそこ」

弟の震える声が聞こえてくる。

その視線の先に、上空から子供が降ってくるのが見える。

槍の穂先に足を掛け垂直に。そして、途中で槍を下に向かって蹴り飛ばす。

降ってきた本人は、空中で何かに弾かれたかのように弾んでいる。

網？

よく見ると、光を反射する糸が編み込まれた網が見える。

槍は地竜の背中に刺さることなく弾かれる。

「うはっ、やっぱ無理だこれ！　ヘルアント達、手伝って！」

槍がはじかれたというのに、嬉しそうに笑う子供。

そして次の瞬間、子供の手から大量の大きな蟻が生まれる。

ただの蟻じゃない……見ただけで分かる硬質な体と、隠すことすらしていない殺意の塊。

その殺意がこちらに向いているわけでもないのに、首の後ろが粟立つのを感じる。

蟻達は地面に着いた瞬間から地竜に向かっていき、その大きな身体をよじ登っていく。

地竜が嫌がって、身体を激しく揺らすが離れることはない。

「なんだよあれ」

弟の声色から、その気持ちがよく分かる。

流石兄弟だな……俺も同じことを思った。

無茶苦茶だと。

視線の先、黒山となった地竜から無数の金属の擦れる音がする。

どうやら、蟻の群れが噛み付いているらしい。

流石にたまらなくなったのか、地竜が地面を転がり回り蟻を引き離そうとする。

「うわっまずいな。蟻達大丈夫かな？」

地竜の傍からそんな呑気な声が聞こえてくる。

そちらに目をやる。

先ほどの可愛らしい子供が、巨大な甲角虫の方を見る。

「カブト！」

ただ一言そう叫んだだけで、子供の意を汲んだであろう甲角虫が羽を広げ空を飛び、上空から地竜を押さえに掛かる。

「キャアアアアア！」

その動きを感じたであろう地竜が、一瞬早く咆哮を上げる。

先ほど俺達を吹き飛ばしたブレスだ。

「うわあああっ！」

「やばい！」

強烈な衝撃波が子供と甲角虫を襲う。

虫の方はどうにか空中で踏みとどまっていたが、子供が木に向かって吹き飛ばされていくのが見える。

無意識にその子を助けようと駆け出していたが、目の前で信じられないようなことが起きた。

ボフッという場違いな音が聞こえ、子供が宙に浮いていたのだ。

いや、よく見るとそこにも網のようなものが張られている。

そして、黒い大きな影が木の上から降ってくる。

「ひっ！」

思わず声をあげてしまった。

どうやら、この森は地獄と化してしまったらしい。

人間など丸齧りしそうな蜘蛛が、俺と子供の間に降ってきたのだ。

子供はその蜘蛛の張ったであろう巣に、捕らえられている。

絶望的な状況。どうすれば良い？

「ははは……俺達、死んだな」

弟が、初めて見せる諦めの表情。泣きそうな、それでいて笑っている顔。

どうにもできない状況に、笑うしかないのだろう。

俺だってこんな嘘みたいな状況、夢だと思いたい。

笑いたくなる気持ちはよく分かる。

「ごめんごめん、油断した……っていうか【重咆哮《ヘヴィ・ハウリング》】まで使えるのか」

子供が蜘蛛に向かって片手を上げると、蜘蛛が八本の脚で子供の身体を包み込む。

あちこちをペシペシと叩いて、怪我がないか調べているように見える。

「大丈夫だって！　土蜘蛛のお陰でどこも怪我してないから！　ああ、お前達も平気だから」

俺の怪我を治してくれた蝶達が、彼の周りを心配そうに飛び回っている。

俺の時よりも、遥かに多い光る鱗粉をまき散らしながら。

駄目だ……俺は一体、何を見ているんだ？

状況を一度整理しないと。

まず、馬鹿みたいにデカい地竜相手に、一歩も引かないあの巨大な甲角虫は子供の言うことを聞いていた。

ということは、あの子供と甲角虫は仲間？

そして目の前の人すら簡単に捕食しそうな蜘蛛は、子供を助けてあまつさえ身体に怪我がないか心配までしているように見える。

なるほど、蜘蛛も子供の関係者と見るのが正しいだろう。

蟻達は言わずもがな、子供が呼んでいた。

蝶達の主も、もちろんあの子供だな。

……何者だ？

「グオオオオ！」

子供がダメージを負っていないことが分かると、地竜が苛立たし気に雄たけびを上げ突っ込もうとする。

が、またも巨大な甲角虫が行く手を阻む。

竜の全身で蠢く蟻達。

数匹がその身体を離れ、主である子供の下に向かっている。

背中に自分の身体よりも大きな、キラキラと輝く鱗を乗せて。

それを手に取った少年が、思わずニヤリと笑みを浮かべていた。

「おお！　剥がせたの？　偉い偉い！」

子供が蟻たちに向けて受け取った鱗を振って、無邪気にはしゃいでいる。

先ほどまで俺とクロウに纏わりついていた死の気配が、嘘のように遠ざかっていくのを感じる。

果たして、これは現実なのだろうか。

絶望の淵で、俺は恐怖のあまり幻覚でも見ているのだろうか？

里の戦士や俺達が束になっても敵わなかった地竜が霞むほどのオーラを纏った虫達が、一人の子供を中心にそれぞれの仕事をこなしている。

「流石に、このお祭りに呼ばないのは可哀想だよね？」

子供の口から聞き捨てならない言葉が。

お祭り？

なんのことだ？

呼ばないのは可哀想？

誰を？

「おいで、ラダマンティス！」

次の瞬間、子供の右手から巨大な何かが飛び出す。

凄い速さで宙を駈けるそれは、地竜とすれ違い……何かを振るう。

直後空を舞う、地竜の尻尾。

硬い鱗をものともしない攻撃の正体を、俺は見ることすらできなかった。

ただ、その鱗すらも綺麗に切断されていることに、そして綺麗な断面を見せながら血しぶきを上げるそれを見て、恐怖を通り越して感動すら覚える。

地竜の横を通り抜け止まったそれは、恐怖から顔を覆いたくなるような巨大なカマキリだった。

おそらくこれも、子供の家来なんだろう。

そのカマキリのいる場所に遅れて降ってきた尻尾を、彼は鎌で蟻達に向けて弾くと数匹の蟻がそれをキャッチして背中に乗せて子供の下に駆けていく。

そして子供に向けて、高く掲げる。

まるで貢物を届けるかのような光景。

「さっすがー！」

俺は本当に、一体何を見ているのだろうか……

この言葉を……この感想を、この半刻にも満たない間に何度抱いただろうか。

「兄者」

「言うな……」

横で弟も完全に戦意を失ったようだ。

ただ目の前で繰り広げられる、一方的とも取れる蹂躙劇をぼやっとした表情で眺めている。

戦士から傍観者に成り下がった俺達に今できることは、目の前の出来事を少しでも理解することだろう。

見れば地竜の顔にも怯えが浮かんでいる。

自分の尻尾があった場所を見つめ、鳴く。

もはやそれは咆哮と呼べるものではない。

ただの恐怖に飲まれた悲鳴だ。

ついに地竜が慌てて逃げ出そうとする。

「逃がさないって」

もはや、子供の声にすら聞こえない。

悪魔か何かの声にすら思える。

この惨状を、心から楽しんでいる。

仲間の仇ではあるが、今は少し同情すら覚える。

身体を生きたまま蟻達に齧られながら、自身に匹敵する強者を三人も相手取るなど。

想像しただけで身震いする。

踵を返した地竜の先に張られた、黒光りを放つ放射状の網。

先ほどまでとは全く異なる材質でできていると思われるそれは、地竜の動きすら止めてみせた。

即座に向きを変える地竜に向けて突っ込む黒い塊。

巨大な甲角虫が正面から体当たりをかまし、縦に並んで二本あるうちの太く大きな下の角で地竜の顎を弾き上げる。

少し距離をとると一気に加速して、がら空きになった地竜の喉元に角を突き刺す。

首の後ろの鱗が内側から突かれて、数枚弾け飛ぶ。

そこに上空から降ってきたカマキリが、鱗が剥がされ大穴を空けられた首を、一刀のもとに切断する。

叫ぶことすら許されずに、地竜の身体が地面にひれ伏すと数拍遅れて首が地面に落ちる。

大仕事を終えた甲角虫と蜘蛛とカマキリが、子供の下に集まって来る。

子供は巨大な三匹の虫達に労いの言葉をかけると、蜘蛛の前足と握手をする。

それからカマキリの首に抱き着いて、首の後ろを数度叩いてやる。

蜘蛛もカマキリも嬉しそうに眼を細めている。

あー、虫も目を細めることができるんだな。

どうでも良いことに、大げさに驚いて現実逃避する。

最後に甲角虫の角に抱き着いて、頭を撫でてやるとその背に乗る。

その前にズラリと並ぶ鱗や、地竜の身体、首。

その下には蟻がいて、前足でそれらの戦利品を捧げるかのように掲げている。

蝶達が、子供を取り囲んで青白い光を放ちながら舞い踊っているように見える。

なぜだか、凄く神聖な景色のように見えた。

自然と跪いてしまう。

横を見ると、弟も同じように跪いて右手の拳を左手で包んで祈っていた。

しばらくして満足気に頷いた子供が大仰に左手を翳すと、蟻ごとそれらの素材が全て消え去る。

続いて蝶、蜘蛛、カマキリが姿を消す。

最後に空に飛び上がった甲角虫と子供が、上空を大きく旋回すると不意に姿を消した。

「なんだったんだろうな……」

それをポカンとした表情で眺めている弟を横目に、俺は呟く。

「蟲の王……かもな」

ただ一つ言えるのは、里の脅威は去ったということだろう。

それだけで良い。

深く考えない方が良い。

この森のどこかには、蟲を統べる王が住んでいる。

その王は子供の姿を持ち、人の言葉を理解する。

そして、里を守ってくれた。

それだけだ……

＊＊＊

それから、その里に一つの言い伝えが広まる。

窮地において最後まで諦めなければ、蟲の王が手を差し伸べてくれる。

そして、悪しきは蟲達に食われるだろう。

だが慢心するなかれ。

人の味方であるという保証はどこにもない。

この里では虫に対して、子供達が悪戯をすると凄く厳しく叱られる。

里一番の勇者が、蟲の王に救われたという話を疑う者はだれ一人いなかったという。

のちに二人は蟲の王との再会を果たすことになるとは、当人達も予想していなかったが。

そして、森にひっそり暮らすとある里の中で蟲の王として崇められているなど、マルコも全くもって想像していなかった。

あとがき

初めまして、へたまろです。この度は『左手で吸収したものを強化して右手で出す物語』をここまでお読みいただき、誠にありがとうございます。

今作品が私にとって初めての出版書籍で、めいっぱい時間をかけて完成度を上げた作品になっております。校正から原稿の確認を手伝ってくださった多くの方のお陰で立派な『本』ができました。そしてｗｅｂ版をお読みいただき、感想報告や活動報告、ＳＮＳなどで応援してくださった多くの皆様のお陰で、ここまで頑張れました。

多くの方にご助力いただけたことに、深く感謝し御礼申し上げます。

さて、固い挨拶はここまでとして、作品についてですが。今回の作品では、この物語の導入部分から最初の見せ場となる地竜編までが掲載されております。

大人主人公である『俺』と、子供主人公のマルコの二人に視点を合わせ、それでも二つの人格がうまく折り合いをつけながら物語は進んでおります。大人主人公の『俺』が、マルコをうまく誘導し実際に身体を使って、あれこれと手助けをして問題なく成長をしていきました。

その中で家族との出会い、友人との出会い、そして仲間達（虫）との出会いと、初めての土地での様々な人（虫）との関わり合いを軸にした形に仕上がりました。第1巻に相応しい、内容だと大変満足しております。よくもまあ、ここまで詰め込めたものだと。

今後の展開としましては、子供主人公のマルコがメインの物語と、大人主人『俺』のメインの物語が同時に進行していく作品へと切り替わっていく予定ではあります。

大人である『俺』は成長したマルコの自主性を尊重し、陰から見守りそっと手を出したり、口を出したり。まあ、実際には親もかくやというほど、小うるさい保護者になるのかもしれませんが。

そして、子供であるマルコが何を感じ、どう思ったのかを主軸に話は進んでいきます。

現地主人公としてのお話に、転生主人公の側面を持つ物語がどうなるのかを楽しみにしていただけたらと思います。

最後になりますが、私は物書きとなることを幼い頃から夢見ており、一度は断念したものの大人になってからも細々と執筆は続けておりました。そして、その夢がようやく形になりました。諦めないで、続けることで叶えることができました。

年齢の問題で難しい職業もあるかと思いますが、何事も諦めずに続けること、また遅すぎるということは少ないということを皆様にも感じていただけたらと思います。

偉そうなことを言っておりますが小生自身の経験に裏付けされた言葉だと、お読みいただいた皆様の頭の片隅にでも置いておいていただけたら十分です。

ここまで、お読みいただき誠にありがとうございます。また、後書きで皆様にお会いできることを、楽しみにしております。

へたまろ

BRAVENOVEL
ブレイブ文庫

左手で吸収したものを強化して右手で出す物語

2019年1月28日　初版第一刷発行

著　者　へたまろ

発行人　長谷川　洋

発行・発売　株式会社一二三書房
〒102-0072
東京都千代田区飯田橋2-14-2雄邦ビル
03-3265-1881
https://bravenovel.com/

印刷所　中央精版印刷株式会社

■作品の感想、ファンレターをお待ちしております。

■本書の不良・交換については、電話またはメールにてご連絡ください。
一二三書房　カスタマー担当　Tel.03-3265-1881
（営業時間：土日祝日・年末年始を除く、10：00～17：00）
メールアドレス：store@hifumi.co.jp

■古書店で本書を購入されている場合はお取替えできません。

■価格はカバーに表示されています。

■本書は小説投稿サイト「小説家になろう」（http://syosetu.com/）に掲載された作品を加筆修正し書籍化したものです。

Printed in japan.
ISBN 978-4-89199-546-1